세미나책

세미나책: 세미나 시작부터 발제문 쓰기까지, 인문학 공부 함께하기

발행일 초판2쇄 2021년 9월 15일 | **지은이** 정승연
펴낸곳 봄날의박씨 | **펴낸이** 김현경 | **주소** 서울시 종로구 사직로8길 24 1221호(내수동, 경희궁의아침 2단지) |
전화 02-739-9918 | **팩스** 070-4850-8883 | **이메일** bookdramang@gmail.com

ISBN 979-11-90351-78-2 03800

인문교양이 싹트는 출판사 **봄밥**는 북드라망의 자매브랜드입니다.

세미나 시작부터
발제문 쓰기까지,
인문학 공부 함께하기

세미나책

정승연 지음

봄날의
봄날의박씨

머리말

요즘 어떤 '공부'를 하고 계신가요? 그런 거 안 하신다고요? 아마 아닐 겁니다. 의식적으로 무슨 공부를 해야지 하고 공부를 하고 있지는 않더라도, 어떤 식으로든 '공부'를 하고 계실 겁니다.

저는 그렇게 생각합니다. 인생을 살아간다는 건 싫든 좋든 무언가를 배우고 익혀서 결국엔 자신이 그걸 배웠다는 사실조차 잊을 정도로 숙련해 가는 과정이라고요. 그래서 어쨌든, 태어나 살아가는 사람이라면, 어떤 형태로든, 그것이 무엇이든, 배워 갈 수밖에 없습니다. 우리가 사는 세계엔 여러 가지 '불평등'이 있기는 하지만, 이 점에서만큼은 평등합니다. '삶' 안에서 우리는 모두 '학생'인 셈입니다. 다시 말하면 사는 일이 곧 공부나 다름없다, 저는 그렇게 생각합니다. 아마도 이게 가장 넓은 의미의 '공부'일 겁니다.

그렇게 '살아가는 일' 자체를 일종의 '공부'로, 그리고 '살아가는 나'를 학생으로 놓고 보면, 어쩐지 약간 마음이 편해지기도 합니다. 인생엔 무조건 겪을 수밖에 없는, 필연적이라고 할 수도 있는 고난들이 있기 때문입니다. 이를테면 '죽음' 같은 일들, 또는 언젠가는 겪게 마련인 '실패'도 있습니다. 조금 더 가까운 예로는 '꼭 해야만 하는 것'으로 주어진 일들 앞에서 겪게 마련인 '갈등'도 있을 겁니다. 만약 우리가 '학생'이라면, 그 모든 고난을 일종의 연습이나 훈련으로 받아들일 수 있습니다. '연습하는 것이니까 실패해도 돼'라고 생각하면서 약간의 여유를 가질 수도 있고, '이걸 넘어서면 좀 더 단단한 사람이 될 수 있어'라고 생각하면서 살아갈 힘을 얻을 수도 있을 겁니다.

어쨌든, 이 관점이 가진 가장 큰 장점은 당면한 '고난'에서 약간의 거리를 둘 수 있다는 점입니다. 다시 말해 '다음'을 생각할 수 있게 되는 겁니다. 저는 이게 정말 중요하다고 생각합니다. '고난'을 겪을 때는 몸도 마음도 거기에 단단히 묶여서 도저히 그 이후에도 무언가가 있을 것 같지 않거든요. 이때, 그 '고난'을 '배움'으로 치환하면 나를 괴롭게 만드는 그 사태를 '해석'할 여유를 확보할 수 있습니다. '인문학 공부'는 바로 그때 위력을 발휘합니다. '인문학'이라는 분야가 바로 삶에 대한 다양한 '해석'들로 구성되어 있기 때문입니다. 제아무리 큰 스케일로 거대 담론을 생산하는 이론이라고 할지라도, 결국엔 하나의 질문으로부터 시작된 것이기 때문입니다. 그 질문이란 바로 '어떻게 살 것인가' 하는 질문이고요. 이때의 공부는 좀 더 의식적인 의미의 '공부'입니다.

그렇다면 '인문학'을 공부하면 그 질문에 대한 답이 '척' 하고 나올까요? 그건 아닙니다. 물론, '답'은 내릴 수 있을 겁니다. 그렇지만, 그 '답'이 모든 경우에 다 맞는 답이 될 수는 없습니다. 다만, '이럴 수도 있고, 저럴 수도 있구나' 하는 식으로, 다양한 '가능성'을 가져다줄 수는 있습니다. 그 와중에, 그때에 적절한 '답'을 찾아낼 수도 있고요. '인문학'을 공부하지 않으면, 그 가능성의 폭이 매우 좁아지기 쉽습니다.

그러면, 어떻게 살아야 할까요? 막막합니다. 저도 이 질문을 제 앞에 세울 때면 늘 막막한 기분을 느끼곤 합니다. 그도 그럴 것이 막막하지 않으면 사실 이런 질문을 자신에게 던지지 않기 때문입니다. 그러니까 이 질문은 삶이 어딘가에 막혀 막막할 때 나오는 질문입니다. 그렇게 막막할 때면, 많은 사람들이 그렇듯이 저는 모든 걸 잊고 몰두할 것을 찾습니다. 그러니까 '공부'할 걸 찾습니다. 그리고 대개 그 공부란 '인문학' 공부고요. 그걸 혼자서 할 수도 있지만, 막힌 삶도 막막한 마당에 막막한 (인문학) 공부를 혼자서 한다면, 얼마나 막막하겠습니까? 바로 그때, '세미나'가 필요합니다. 공부할 것을 찾고, 그 공부를 함께할 사람들을 찾아나서는 것이지요. 여기엔 두 가지 장점이 있습니다.

첫번째로는 의식적인 '공부' 그 자체가 주는 효과입니다. 내 삶이 나에게 답하기 힘든 질문을 제기할 때, 그 문제를 직접 돌파하는 주제를 찾아 공부를 하는 겁니다. 예를 들어, 가까운 누군가의 '죽음' 때문에 괴롭다고 한다면, 그걸 주제로 공부해 볼 수 있습니다. '죽음'이라는 사태를 놓고 다양한 층위의 '해석'들을 살펴보는 것입니다. 그 사이에 내 '괴로움'은 그 특정한 '죽음'을 받아들이지 못해서 오는 괴로움에서, 그 텍스트를 이해하지 못하는 데서 오는 괴로움으로 바뀔 수 있습니다. 공부가 마무리될 때쯤엔 그 '특정한 죽음'을 더 잘 이해할 수 있게 될 테고요. 말하자면 내 마음의 수용성이 더 커지는 셈입니다.

두번째는 '세미나'라는 형식에 필연적으로 동반되는 '네트워크'에 접속할 수 있다는 점입니다. 사는 게 막막할 때는 어떻습니까? 혼자 있고 싶어집니다. 그러니까 스스로 '고립'됩니다. 그게 꼭 필요한 순간이 있기는 하지만, 대개의 경우 자기도 모르는 새에 고립되곤 합니다. 그러면 막막한 일이 더 막막해집니다. 그래서 저는 그럴 때일수록 내 마음과는 반대방향으로 몸을 움직이려고 애를 씁니다. 일부러 더 나가고, 더 만나고, 더 많이 이야기를 하는 것이지요. 매주 가야 하는 '세미나'가 있으면 한결 수월하게 그 일을 해나갈 수 있습니다. 거기서 내 괴로움에 대한 타인의 '해석'을 들어 볼 기회가 생깁니다. 그러면 전혀 예상치 못하게 문제가 사라지는 일이 생기기도 합니다. 어쨌든 내 앞에 문제가 주어지면, 일단은 그 문제와 그 문제를 풀고 있는 나를 동시에 살펴볼 시야를 가져야 '문제'를 제대로 볼 수 있다고 믿습니다. 그때 내가 아닌 다른 사람의 말과 글이 도움이 되는 건 당연합니다. 그 말과 글이 어떤 것이든, 내 말이 아니라는 점 그 하나 때문에라도 들으려 애를 쓴다면 나에게 도움이 됩니다.

'세미나'는 결국 '공부'와 '네트워크'의 결합입니다. 철학자 칸트의 말을 살짝 바꿔서 이렇게 말하고 싶습니다. "네트워크가 없는 공부는 맹목적이고, 공부 없는 네트워크는 공허"하다고요. 맹목과 공허를 넘어서는 길이 '세미나'에 있다고, 저는 확신합니다.

이렇게 '세미나'에 관한 책을 썼지만, 저는 여전히 제가 '전문가'인지는 잘 모르겠습니다. 아마 아닐 겁니다. 나아가 실제로 그일(세미나)을 다른 사람들보다 훨씬 능숙하게 해낼 수 있다고 해도, 그래서 '전문가'라고 불려도 이상하지 않을 정도라고 하더라도 저는 그 표현을 받아들이고 싶지 않습니다. 책을 쓰는 동안 제 머릿속에 떠올랐던 '세미나'의 이미지들 속에 '세미나 전문가'는 없었기 때문입니다. 그 그림 속에 등장하는 누구건, 결국엔 모두 '세미나 참가자', 그러니까 '배우는 사람'이었습니다. 다만, 저는 참가한 세미나에서 가장 열심히 공부하는 사람이 되고 싶은 욕심은 있습니다. 거기에 더해, 책을 쓰는 동안 더 많은 사람들을 '세미나 참가자'로 만들고 싶다는 욕심이 생겼습니다. 그쯤에서 제가 설 자리를 찾을 수 있다면 그것으로 족합니다.

지금까지 보아 왔던 여러 책들의 머리말 끝 부분에 '가족'에 대한 감사가 왜 있었는지, 이제야 알게 되었습니다. 저에게 '세미나'를 주제로 무언가 쓰라 말해 준, 저의 가장 친한 친구인 아내에게 감사합니다. 오랫동안 '친한 사이'로 지내고 싶습니다. 코로나 시기에 온라인 세미나를 하러 방에 들어가는 저를 향해 항상 "아빠~ 공부 잘 하세요!"라고 큰 소리로 외쳐 준 딸에게도 고맙습니다. 덕분에 아빠의 인생이, 공부가 실전이 되었습니다. 그리고 '공부'와 함께 살아가는 게 어떤 것인지 보여 주신 스승님들, 저와 함께 공부해 준 '세미나 동료들'께 감사합니다. 앞으로도 열심히 공부하겠습니다.

차례

세미나책

프롤로그

함께 인문 고전 읽기,

창의적이고 지혜롭게

낙오하기

'인문학이란 무엇인가'라는 질문

이른바 '열풍'마저 불었던 '인문학'이란 도대체 뭘까요? 나름대로 오랫동안, 꽤 열심히 '인문학 공부'를 해왔다고 자부하는 저도 뚜렷하게 떠오르는 정의가 없어서 네이버 지식백과를 찾아보았습니다. "인간의 사상 및 문화를 대상으로 하는 학문 영역"이라고 하네요. 옳은 말이기는 하지만 정말이지 지루하기 짝이 없는 정의입니다. 사실 그렇습니다. 어느 상황에서나 '옳은 말'이 되려면, 그러니까 보편적인 정의가 되려면 구체적인 내용을 싹 빼 버리고, 최대한 추상적이 되어야 합니다. 그런데 그렇게 만들어 놓으면 '그렇구나' 하는 정도의 감흥 이외엔 딱히 전달되는 내용이 별로 없어집니다. 그래서 필요한 게 바로 '부연 설명'이죠.

지식백과의 '인문학' 항목을 좀 더 읽어 보면 이런 말이 나옵니다. '(인문학의) 기준을 설정하기는 매우 어렵기 때문에 이에 대한 의견의 일치가 이루어지지 않고 있다. 예를 들면 역사와 예술이 인문학에 포함되느냐 안 되느냐(후략).' 이제 좀 재미있어 보이지 않습니까? 자고로 '의견'이란 갈려야 재미있는 법입니다. 인문학을 공부하는 사람이라면 학자부터 대중지성까지 누구나 한 번씩 고민해 보는 문제입니다. '인문학이란 무엇인가?' 큰 덩어리로 비슷한 정의들을 묶을 수야 있겠지만, 제 생각엔 정말이지 이 문제를 떠올려 본 사람의 숫자만큼 정의들이 다양하지 않을까 생각해 봅니다. 그게 바로 '인문학'이 가지고 있는 최고의 매력이기도 하지요. 무엇인가 하면, 열심히만 하면 누구나 그럴듯한 답을 만들어 낼 수 있다는 점 말입니다.

그렇게 다양할 수 있는데, 신기하게도 저마다 '인문학'이라고 하면 떠올리는 모종의 범위랄지, 포괄적인 정의랄지, 대충 이거다 싶은 거랄지 그런 것들이 있습니다. 말하자면 그것은 하나의 '환경'과 같은 것입니다. 말과 글로 뚜렷하게 정의를 내릴 수는 없지만, 일단 발을 들여놓으면 어쨌거나 그 세계 안에 들어왔다는 것만은 확실하게 느낄 수 있는 그런 것이지요. 더 재미있는 것은 '정의'를 내리는 것과 '인문학'을 공부하는 일이 크게 상관이 없다는 점입니다. 그것이 무엇인지 누구도 부정할 수 없는 정의를 내릴 수는 없지만 우리는 '인문학'을 공부할 수 있습니다. 그리고 공부를 해 나가다 보면 '인간의 사상 및 문화를 대상으로 하는 학문 영역'이라는 그야말로 보편적으로 포괄적이어서 '그래서 뭐?'라는 반문이 절로 나오는 '지루한 정의'에 풍부한 내용을 덧붙여 갈 수 있습니다. 이건 '창의력'을 필요로 하는 일이죠.

———

인문학 공부로 '창의력'을 기르자?

'인문학 열풍'이 한참 불 때 저는 어리둥절했습니다. '아니, 도대체 왜들 저러는 거야? 갑자기', 이런 느낌이었다고나 할까요? 그래서 '열풍'을 불러일으킨 책들도 찾아보고, 신문기사들도 읽어 보았지요. 그랬더니 왜 그런 일이 벌어졌는지 알 수 있었습니다. '인문학 열풍'의 비밀은 바로, '인문학을 공부하면 창의력이 샘솟게 되고, 창의력이 샘솟으면, 남보다 더 쓸모 있는 사람이 되고, 남보다 더 쓸모 있는 사람이 되면 성공할 수 있다', 이런 것이었습니다. 이제는 거기서 한 발 더 나아가 '인공지능으로 대체할 수 없는 사람이 되자'는 이야기까지 나왔더라고요. 이유를 알고 나자 조금 어지러웠습니다.

그러니까 그 '열풍'은 20세기 내내 우리의 머릿속에 박히고, 어쩌면 유전자에까지 각인되었을지 모를 '경쟁력 담론'의 인문학

버전이었습니다. 그러니까 "경쟁력을 기르려면 인문 고전을 읽어라"라는 말이었던 셈입니다.

'성공'에 대해 생각해 봐야겠습니다. 도대체 성공한다는 건 뭘까요? 아마 '부자'가 되는 것이겠지요. '부자'가 되고 나면 무얼 하시겠습니까? 여행, 쇼핑, 식도락, 이혼과 재혼 혹은 새로운 연애, 근사한 집, 멋진 자동차 등등등. 돈으로 살 수 있는 듯 보이는 것들이 참 많습니다. '돈'은 '욕망'을 실현시켜 주니까요. 제가 알고 있는 범위에선 그렇게 '욕망'을 모두 실현하라고 가르치는 인문학은 거의 없습니다. 그 '욕망'이 진짜 자신의 욕망인지 검토하라고, 그 욕망의 실현을 통해서 너의 존재 역량이 더 커지느냐고, 요컨대 '절제'하라고 가르칩니다. 역사상 많은 인문학자들이 검소하게 살았던 데에는 그런 이유가 있습니다. 맛있는 음식도 결국엔 질리게 마련이고, 집이 커지는 데에는 한계가 있는 법이며, 아무리 멋진 자동차라도 결국엔 낡아 버리기 때문입니다. 말하자면 '쾌락'엔 한계가 있다는 말입니다. 그걸 몽땅 실현해 버리면 껍데기만 남은 채 결국 죽고 맙니다.

그러니까 많은 인문학자들은 '경쟁하라'고 가르치지 않고 '경쟁'에서 빠져나오라고 가르칩니다. '부자'가 되려고 하지 말고 '절제'를 배우라고 가르치지요. '욕망'을 마음껏 분출하라고 가르치지 않고 진짜 '욕망'을 찾으라고 가르칩니다. 그런 가르침들에 따라 산다면 어떻게 되겠습니까? 자본주의 사회에서 경쟁력 있는 인간이 될 수 있겠습니까? '경쟁력'의 기준에 따라 보자면 '낙오자'가 됩니다. 아! '창의적인 낙오자'가 됩니다.

'창의적으로 낙오'하는 법

'낙오'란 대열에서 뒤떨어지는 것을 두고 하는 말입니다. 대개는 수동적인 의미로 사용됩니다. 대열에 끼어서 가고 싶은데 뒤처지는 것을 두고 '낙오'한다고 말합니다. 20세기 이래로 한국사회에서 살아가는 모든 사람들의 공포를 자극하는 말입니다. 그것은, 어떻게든 대열에 끼어 있어야 먹고살 수 있고, 기왕이면 대열의 앞쪽에 있어야 더 잘 먹고살 수 있으며, 내가 낙오하지 않으려면 누군가를 낙오시키는 일도 할 수 있게 만드는 거대한 압력이었습니다. 그 압력은 여전히 강력하게 작동하고 있습니다만, 슬슬 바람이 빠지고 있는 것처럼 보입니다. 자발적인 이탈자들이 늘고 있기 때문이지요. 이유도 다양합니다만, 대개 한 가지로 모입니다. 처음부터 대열에 끼지 못한 흙수저 청년이거나, 도저히 더는 따라갈 여력이 안 되는, 은퇴했지만 여전히 일을 해야만 하는 노년 세대, 이걸 계속 쫓아가는 게 의미가 있나 싶은 중장년 세대, 이건 원래 남자들을 위한 행렬이었다는 걸 깨달은 여성들 등 등 세대와 성별을 가로질러 무수하지만 여전히 소수인 사람들이 대열에서, 자발적으로, 빠져나가고 있습니다.

저는 바람이 빠지고 있는 바로 그곳, 그 지점에서 '인문학'이 필요하다고 생각합니다. 솔직한 말로 칸트, 헤겔, 스피노자, 니체, 들뢰즈, 공자, 맹자, 노자, 장자 같은 '고전'을 읽고 공부하는 것은 대열을 쫓아가는 능력을 기르는 데는 그다지 도움이 되질 않습니다. 속된 말로 '까라면 까야' 하는 회사에서 '내 의지의 준칙이 보편적 입법의 원리가 되게끔 행동하라'는 칸트의 문장을 읊조리고 있으면 어느 상사가 '이 친구 참 창의적인 인재구만' 하겠습니까? 그 문장은 대열 밖에서 대열 안의 사람들에게 전해져야 할 문장입니다. 그러니까 다른 사람 생각하지 않는, '경쟁'만이 유일한 보편적 원리가 된 곳에서, '그만 경쟁합시다'라는 소수의견에 덧붙이는 말로 쓰일 때 그 문장의 진짜 가치가 드러나는 것입니다.

그런 점에서 보자면 '인문학 공부'에서 얻을 수 있는 가장 중요한 가치는 '다른 관점'의 획득입니다. 다른 말로 바꾸어 보면 그것은 '자기 갱신'이기도 합니다. 습관처럼 굳어 버린 나의 관점에 균열을 내고, 이전과는 다른 관점을 획득하는 것이지요. '인문학 공부를 하면 시야가 넓어진다'는 말은 바로 이런 의미입니다. 그리고 그것은 '힘'을 기르는 일이기도 합니다. 모두가 하나의 가치를 향해 달려갈 때 따라서 달리는 것은 그다지 어렵지 않습니다. 우리의 일상은 대개 그렇게 구성되니까요. 진짜 어려운 것은 달리기를 멈추는 것입니다. 멈춰서 그 가치에 대해 다시 생각해 보고 나아가 달리는 행동 그 자체를 다시 생각해 보는 힘을 기르는 데에 인문학 공부보다 좋은 것은 없습니다. 왜냐하면, '인문 고전'의 대부분이 그러한 '멈춤'과 '생각' 속에서 태어났기 때문입니다. 내가 어떤 사람인가? 나는 그때 왜 그런 행동을 했을까? 이런 상황에서 나는 어떻게 행동하는가? 나는 진정 어떤 상태에 도달하고 싶은가? 같은 질문들이 끝도 없이 나오는 책들, 그러니까 '인문 고전'을 읽고, 쓰고, 떠들다 보면 '나'라는 인간이 훨씬 더 잘 보이게 되는 것이지요. 내 남은 인생을 어떻게 꾸려 갈 것인가 하는 문제는 앞선 질문들과 싸우는 사이에 차츰 '잠정적인 해답'의 형태로 주어지게 됩니다. 그렇습니다. 딱 정해진 '답'이 있는 게 아닙니다. 어디까지나 '잠정적'인 것입니다. 말하자면 그것은 '해답'으로 주어지는 순간 다시금 갱신되어야 할 것이 됩니다.

이 세계에 깊숙이 들어온 사람은 대개 사회가 요구하는 가치들에 순응할 수 없게 됩니다. 사회에서는 '창의력을 기르자'고 하는데 이 사람은 '창의력은 뭐지?', '그걸 왜 길러야 하지?', '그런 요구가 나오게 된 이유는 뭐지?' 같은 식의 질문에 더 관심이 많기 때문입니다. 그러다가 결국 그것들이 그다지 가치 있는 것들이 아니라는 결론에 도달하게 될 수도 있습니다. 그렇게 되면 '주어진 규칙'을 순순히 따를 수 없게 됩니다. 내가 따라야 하는 가치들, 규칙들을 스스로 세우는 사람이 되어 가는 것이지요.

오해하지 말 것은 '자발적 낙오'가 생계도 집어던지는 것은 아니라는 겁니다. 차라리 그것은 '흔한 욕망'에 사로잡히지 않는 것에 더 가깝습니다. 회사엘 다니는데 승진에 목숨 걸지 않는다거나, 넓은 집을 좇기보다는 언제든 떠날 수 있는 집을 원한다거나, 짐덩이 같은 가족을 받아들이고 사는 법을 익히게 된다거나 하는 것들입니다. 그러다 보면 '공부'의 의미가 바뀝니다. 시험과 경쟁을 전제로 하지 않고, 당면한 인생의 문제들에 적합한 답을 찾는 일로, 경쟁력을 높이는 일에서 경쟁하지 않고 사는 법을 찾는 문제로 말입니다.

———

결국엔 '욕망'을 바꾸는 일

제가 생각하는 인문학 공부는 그런 것입니다. 그리고 그것은 최선을 다한다고 할지라도, 최상의 결과를 얻는다고 할지라도 결국엔 '잠정적'일 수밖에 없습니다. 인문학의 대상이 되는 '인간의 삶'이 원래 구조적으로 '정답'을 주는 구조가 아니기 때문입니다.

'잠정적'이지만 그 시점에서 최대한 '적합한' 답일 수는 있습니다. 다만 여기서는 실패를 두려워하지 않아도 됩니다. 실패한다고 뭐라고 하는 사람이 있는 것도 아니고, 생계가 막히는 것도 아닙니다. 그냥 좀 더 많이 읽고, 쓰고, 말하면 됩니다. 어떤 의미에서는 더욱 잘 실패하는 법을 고민해야 하는지도 모릅니다. 어찌되었건 그저 약간 돌아가는 것일 뿐이죠. 그 과정을 반복하는 사이에 바뀌는 것은 나의 일상이고, 일상이 바뀌면 '욕망', 그러니까 원하는 게 바뀝니다. 저는 바로 이 '욕망'의 전환이야말로 '인문학 공부'가 주는 가장 큰 축복이 아닐까 생각합니다. 20억짜리 아파트가 한순간에 불필요한 것으로 바뀝니다. 결국 20억 아낀 겁니다. 어떻게든 내 사랑(욕망)을 실현시켜야 하는데, 한순간에 그것이 허망한 일이라는 깨달음이 옵니다. 그 순간 이별의 아픔이 자신을 비껴 간 겁니다. 농담처럼 이야기했지만, 자신이 '킹왕짱 천재'가 되는 일이 기적이 아니라 그런 욕망의 전환이야말로 '인문학 공부'를 해서 얻을 수 있는 가장 큰 '기적'들입니다.

'세미나'에서는 무엇을 할까?

'세미나란 무엇인가?'라고 물으면 답하기가 부담스러워집니다.

그것이 무엇이든 간에 '정의'를 내린다는 건 원래 그렇게 부담스러운 것이니까요. 그러면 이렇게 물어볼 수 있습니다. '정의를 내리는 것은 왜 부담스러운가?' 하고 말입니다. '정의'를 내리는 게 부담스러운 이유는, 여러 이유들이 있겠지만 그 중에서도 핵심적인 것, 그러니까 '정의'를 내리고 나면 필연적으로 '예외'가 발생하기 때문입니다. 그럼에도 불구하고 우리는 여러 정의들을 아주 쉽게, 간단히 내리곤 합니다. '세미나'를 하다 보면 '정의'의 위험을 아주 처절하게 깨닫게 됩니다. 'A는 B다'라고 정의를 내리는 순간, 내 앞에 앉은 사람, 옆에 앉은 사람, 옆의 옆에 앉은 사람들이 그 정의에 부합하지 않는 무수한 '예외'들을 나에게 쏟아붓기 때문입니다.(물론 이런 세미나는 그야말로 성공적인 세미나일 가능성이 아주 높습니다.)

그래도 어쨌든, '세미나'에 관해 이야기하려면 간략한 정의 정도는 필요합니다. '세미나'의 의미를 사전에서 찾아보면 '대학에서 교수의 지도 아래 특정한 주제에 대하여 학생들이 토론, 연구하게 하는 교육 방법'이라고 되어 있습니다. 그러니까 '세미나'란 '특정한 주제에 대하여 토론, 연구하여 배우는 방법'입니다. 다만, 여기서 우리가 이야기하고 있는 세미나에는 '교수님'이 없습니다. 차라리 서로가 서로에게, 나아가 자기 자신에게 가르치고 배우는, '수평적 공유'의 공부 방법인 것이지요. 그러니까 여기서의 '배움'은 수직적인 전수가 아닙니다. 물론 실제 세미나를 하다 보면 공부 경험이 많은 사람의 '강의'처럼 되어 버리는 경우도 없지 않아 있기는 하지만, 기본적으로는 뚜렷한 위계가 없습니다. 우리 사회 특유의 '공부'에 대한 관념에 비춰 보자면, 그러한 '배움의 수평적 공유'라는 형식부터 신선할 수 있습니다. 다만, 그러한 '배움의 수평적 공유'가 잘 되려면, 참가자 개개인이 세미나 준비를 성실하게 해와야 합니다. 그래야 세미나 모임이 '남(준비를 해온 사람)의 이야기 듣는 모임'이 되는 걸 피할 수 있습니다. 또 세미나 과정 속에서 한마디라도 더 말하려는 적극성도 필요합니다. 그 두 가지가 제대로 되지 않는다면, '세미나'가 갖는 가치가 확연하게 떨어지고 맙니다. 그럴 것이, '남의 이야기 듣는 모임'이라면 검증된 전문가의 강의를 듣는 편이 더 낫기 때문입니다.

결국 '세미나에서 무엇을 하는가' 하면 미리 읽어 온 책(또는 그에 상응하는 자료)에 관한 이야기를 나눕니다. 이건 단순한 '감상'을 나누는 것은 아닙니다. 읽은 텍스트의 문장, 문단 각각이 무엇을 의미하는지, 내용은 정합적인지, 그렇지 않다면 그것은 단지 실수인지 아니면 의도적인지, 그 텍스트가 현재 시점에서 어떤 의미나 시사점을 주는지, 그로부터 내가 느낀 바는 무엇인지 등에 관한 이야기를 나눕니다. 그런 이야기를 나누는 사이에 다른 참가자와 나의 생각이나 느낌 사이의 차이를 발견하게 되고,

그 차이를 어떻게 해소할지, 남겨 둘지, 차이를 남긴 채로 어떤 또 다른 의미를 생산할 수 있을지 등을 생각합니다. 말하자면 그 과정 속에서 '사람'에 관해 배울 수도 있는 것입니다. '세미나'가 어떻게 진행되느냐에 따라서 거기에서 배울 수 있는 것은 무궁무진합니다. '배움'의 대상은 '사람'을 넘어서 있지만, '배움'은 대부분 '사람으로부터' 오기 때문입니다.

인문 고전을 읽읍시다. 혼자 읽지 말고 '창의적 낙오자'들을 모아서 함께 읽읍시다. 이제 그 이야기를 해보려고 합니다.

세계를 뒤흔들지는 못했지만 내 인생은 뒤흔든 세미나

저의 '첫 세미나'는 이른바 '운동권 세미나'였죠. 요즘은 어떨지 모르겠지만, 먼 옛날에 대학교에서 정규 수업을 하는 게 아닌데, '세미나'를 한다고 하면 대개 '운동권 세미나'를 말하는 것이었습니다. 저도 그런 시대는 경험해 보질 못했습니다. 오히려 제가 대학교에 다녔던 2000년대 초반엔 '세미나'를 한다고 하면 "너 다단계하냐?"는 반문이 돌아오던 시절이었죠. 그때는 이미 전교생 5천 명인 학교에서 '운동권'이라고 부를 법한 학생들을 정파 막론하고 모아 봐야 50명, 아니 30명도 장담하기 힘든 수준이었습니다. '운동권'은 아니어도 그에 대해 꽤 우호적인 학생들까지 다 합해도 70명이 채 되지 않았습니다. 운동권들이 대자보를 여러 장 써서 학교 곳곳에 붙여 놔도 같은 운동권 학생을 제외하면 정말 단 한 사람도 읽지 않던 시절이었죠. 사회에 나와서 이른바 '운동의 전성기'를 보낸 선배들에게 저의 대학 생활을 이야기하면, 대개 '아니, 2000년대에도 학생운동이 있었어?'와 같은 반응을 보이더군요. 쩝. 뭐 그 이야기를 하려는 것은 아니니까 여기서 각설하겠습니다.

어쨌든, 상황이 그렇게 암담했던 데다가, 아무도 관심이 없는 분야(학생운동)에 빠져들기는 했지만 저는 그 시절의 활동, 그 중에서도 '세미나'가 제 인생을 가장 크게 바꿔 놓은 두 가지 중에 하나였다고 생각합니다(나머지 하나는 출산과 육아입니다. 『다른 아빠의 탄생』을 참고하세요). 그때로부터 20여 년이 지난 지금까지 계속 '공부'를 하게 된 것도 '그 시절' 덕분이라고 생각하고요. 그리고 그렇게 된 데에는 무엇보다 거기서 했던 '공부 경험'이 가장 크게 작용했습니다. 물론 졸업을 1년 남겨 두고 몰두했던 '전공'(철학) 공부도 대단한 경험이기는 했지만, 학생들 각자가 서로 가르치고, 서로에게 배우는 형태의 '운동권 학습'의 경험이야말로 저에게는 이 책에서 말하고 있는 '세미나'의 원형 같은 것이었습니다. 물론, 원형은 원형일 뿐, 지금은 그 모습이 아주 많이 바뀌기는 했습니다.

그래도 어쨌든, 그 시절, 1학년 여름 방학쯤에 선배, 동기와 모여서 읽었던『공산당 선언』세미나 이후로 저는 말하자면, '세계관'이라는 걸 의식하면서 살게 되었습니다. 물론 그 속의 내용은 그때와 비교해서 많이 바뀌었고, 지금도 바뀌고 있는 중이지만 말입니다. 어쨌건 중요한 건 '세계관'이라는 걸 '의식'하기 시작했다는 점입니다.

'세계관'을 의식하는 것과 '자기객관화'

그러면 도대체 '세계관'은 무엇이고, 그걸 의식한다는 건 어떤 것일까요? '세계관'이란 그냥 간단하게 말하면, '세계를 보는 관점'입니다. '세계관'이라는 말을 단순하게 풀어 놓은 것 같기는 하지만, '세계를 보는 관점'이라는 말은 생각보다 많은 의미를 함축하고 있습니다.

저 말이 성립하려면 일단 '세계'가 있다고 봐야 하는데요, 여기서 '세계'란 그냥 있는 그대로의 세계가 아니라 모종의 원리에 기반하고 있는 '세계'입니다. 어떤 '원리'가 있을까요? 가장 익숙한 건 '종교'가 있을 수 있습니다. '신의 섭리'에 따라 이 세계가 구성되어 있고, 운동하고 있다고 보는 것이지요. 그래서 그런 것을 두고 '신학적 세계관', '종교적 세계관', 이렇게 부를 수 있습니다. 그와는 별개로 '과학적 세계관'도 있고, '마르크스

주의적 세계관'도 있고, 심지어 '반(反)세계관적 세계관'도 있을 수 있습니다. 세상을 하나로 관통하는 '원리' 같은 것은 없다는 말이지요. 어쨌든, 그렇게 이런저런 관점 아래에서 '세계'를 마주할 수 있습니다.

그렇게 놓고 보면 사람들은 저마다 각자의 '세계관'을 이미 가지고 있습니다. 그런데, 자신의 '세계관'을 어느 때고 의식하고 있는 경우는 많지 않습니다. 나아가 자신이 가진 '관점'에 '세계관'이라고 이름을 붙이지도 않습니다. 그런 식으로 '세계관'을 의식하고 있으려면 어떤 식으로든 공부를 해야 하기 때문입니다. '공부'를 한다는 건 어떤 의미에서는 자신의 '관점'을 검토하는 일이기도 합니다. 물론 인간에게는 '확증편향'이라는 습성이 있어서 자신의 관점을 다른 방향으로 수정해 가기보다는 강화하는 방향으로 가려고 합니다. 그런 경향으로 계속 가다 보면, 그 '세계관'은 일종의 '종교'가 되고 맙니다. '원리주의'가 그렇게 태어납니다. 반대로 지속적인 수정과 검토 속에서 불확실한 모든 것들을 제거하는 방향으로 가면 아마도 '회의주의'로 가게 될 것입니다. 제 생각에 세계관을 의식하며 사는 거의 모든 사람들은 그러한 두 가지 극단 사이에서 조금씩 왔다, 갔다, 하고 있지 않을까 싶습니다. 저도 마찬가지고요. '극단적'인 것은 어느 것이든 좋은 점보다는 나쁜 점이 많기는 합니다만, 그나마

'회의주의'가 '원리주의'보다는 낫습니다. '극단적 원리주의'는 '자신' 이외의 모든 것을 파괴하려고 들기 때문입니다.

어쨌든 저는 그 여름의 '세미나' 이후에 돌아올 수 없는 강을 건넜습니다. 예전에는 강 건너에 어떤 것에도 흔들리지 않는 굳건한 '이론'이 있고, 거기에 도착하는 것이 '강을 건너는 일'이라고 생각했던 적도 있었습니다. 그런데 이제 와서 생각해 보니 그때 강을 건넌 것은 그런 식의 '육지'에 도달하는 일이 전혀 아니었습니다. 오히려 어떤 식으로든 '세계'를 대하는 나의 태도를 지속적으로 갱신할 수밖에 없는 유동적인 상태에 이르는 길이었습니다. 그래서 저는 지금도 여전히 '강을 건너는 기분'으로 살아갑니다. 지금 강의 상태는 어떠한지, 날씨는 어떨지, 잠깐 정박할 만한 작은 섬은 어디에 있을지 등등을 생각하며 살고 있는 것입니다.

그러니까, 저는 나름대로 늘 제가 마주하고 있는 이 '세계'를 의식하고 있습니다. 그리고 동시에 저 자신을 의식하고 있기도 합니다. 내가 지금 어떤 상태로 살고 있는지, 무엇을 고치면서 나아가야 할지, 사소하게는 오늘의 컨디션이 어떤지 등을 따져 봅니다. 그리고 그런 것들이 '내 삶'에 어떻게 영향을 주고 있는지, 더 정확하게는 '내 삶'과 그것들이 어떤 영향을 주고받고 있는지 살펴봅니다. 이걸 단순한 말로 표현하자면 '자기객관화'

라고 할 수 있겠습니다만, 너무 단순화하는 것 같아서 선뜻 그 말을 쓰기가 꺼려지기도 합니다. 어쨌든, '세계관'이 있고, 그것을 통해 '세계'를 의식한다는 건 다른 말로 하면 그 속에 있는 '자기 자신'을 의식한다는 것과 같습니다.

'공부'는 결국 '나'를 해석하는 문제

사람에게 '세계'란 어디까지나 자기가 경험한 '세계'일 수밖에 없습니다. 그래서 '세계'에 대한 질문은 결국 '나'에 대한 질문으로 돌아올 수밖에 없습니다. 제가 한참 운동권 생활에 몰두하고 있던 어느 날 문득, 마르크스가 세계를 어떻게 분석했든, 레닌이 세계를 어떻게 바꾸자고 했든, 그리고 그 말들이 다 옳든 어쨌든, 도대체 아무도 보지 않을 대자보를 매일 십여 장씩 쓰고, 결국엔 누군가를 단죄할 근거가 될 문건을 밤새워 가며 쓰는 게 무슨 의미가 있나 하는 생각이 들었습니다. 그리고 저는 너무 피곤했고요. 매일매일 하던 일이 갑자기 무의미해진 순간이었습니다. 물론 그 사이사이에는 무수하게 많은 사건과 의미들이 틈새마다 가득 차 있기는 하지만, 간략하게 말하자면 그랬던 겁니다.

이런 상황이 되면 누구나 '내가 지금 여기서 뭘 하고 있는 거지' 같은 질문을 스스로에게 던져 봅니다. 저의 경우에는 '세계'에 몰두하다가 '자기 자신'에게로 돌아온 셈입니다. 그리고 그렇게 돌아오게 된 계기는, 당시엔 이런저런 이유들을 가져다 붙였지만, 지금 와서 생각해 보면 도저히 더는 어떻게 할 수 없는 '피로감'이었던 것 같습니다. 그런 상황에서 어떻게든 살아나가려면 당면한 자기 자신의 문제를 해석해 볼 수밖에 없습니다. 누구나 의식적으로든 무의식적으로든 그런 일들을 하고 있고요. '인문학 공부'가 결정적인 힘을 발휘하는 순간이기도 합니다.

벌써 십여 년이나 지난 일이지만, 저희 아버지가 돌아가셨을 때였습니다. 금방 부모를 잃은 여느 자식들이 그러하듯, 저도 이제 더는 아버지를 볼 수 없다는 아쉬움, 생전에 아버지에게 잘하지 못했다는 데서 오는 죄책감 같은 것들로 한참 동안 괴로웠습니다. 어떻게든 하루하루를 살아가고 있기는 하지만, 문득 돌아가신 아버지 생각이 나면, 그 감정에 사로잡혀 아무것도 할 수가 없었습니다. 그런 와중에 언젠가 강의에서 들었던 이야기가 떠올랐습니다. 이 세상 만물은 늘 순환하고 있고, 누군가 죽어서 사라지더라도 결국엔 흙으로, 공기로 되돌아오게 마련이라고요. 거기에 생각이 미치고 나서야 저는 슬픔에서 한 걸음 떨어질 수 있었습니다. 워낙 개인적이고 묘한 경험이어서 무어라 설명하기가 어렵기는 하지만, 가장 담백하게 설명하자면 그때 문득 '죽음'이 한결 가볍게 느껴졌습니다. 그리고 아버지의 입장에서 '죽음'이라는 사태를 다시 바라볼 수도 있었고요. 그 슬픔에서 빠져나오고 나서야, 아버지의 지난 삶과 죽음을 한층 더 잘 이해할 수 있게 되었습니다.

그런 경험들 속에서 저는 '인문학 공부'가 그 어떤 실용학문들 못지않게 '실용적'이라는 생각을 하게 되었습니다. 그것은 내 삶을 일정한 근거 속에서 해석해 내고, 그걸 바탕으로 다음을 향해 나아갈 수 있게 해주는 공부이기 때문입니다.

도대체 어째서 그 세미나는 그렇게 나를…

『공산당 선언』을 읽어 보신 분들이라면 아시겠지만, 그 글에는 '마성'이라고 불러도 좋을 법한 대단한 힘이 있습니다. 물론 그렇겠지요. 그렇지 않았다면 그렇게 한 시대를 대표하는 아이콘이 되지도 않았을 겁니다. 당시에 제가 했던 세미나에서는 그 글을 돌아가며 한 단락씩 읽고, 읽은 사람이 자신이 읽은 구절이 무슨 내용인지 설명하는 식의 '강독 세미나'를 했었습니다. 아마 그래서 문장 하나하나가 가진 힘들이 더 생생하게 느껴졌는지도 모릅니다. 당시 스무 살이었던 저는 그 뒤로도 같은 책으로 그런 식의 세미나를 서너 차례 더 했는데, 매번 읽을 때마다 식상해지기는커녕 글이 품고 있는 내용이 더욱 풍부해져 갔습니다. 그것 자체로 참 놀라운 경험이었지요.

'풍부해졌다'는 것은 책의 내용과 내 삶을 연관시킬 수 있게 되었다는 의미이기도 합니다. 이를테면, '내가 자라는 내내 어째서 우리집의 빚은 줄지 않고 계속 늘기만 하는가' 같은 문제의 원인을 책 속에서 찾을 수 있게 되었다는 말입니다(물론 지금은 그렇게까지 간단하게 생각하지는 않습니다). 그런데 그때는 저 스스로도 잘 몰랐지만, 이제 와서 생각해 보면, 저는 그렇게 어떤 텍스트를 읽고, 이해하고, 내용을 덧붙여 가고 하는 것이 그 책을 읽고 무언가 '실천'하거나, '실천'을 만들거나 하는 것보다 더 재미있었던 것 같습니다. 나아가 지금은 그런 책을 읽고, 또 읽고, 글을 쓰고, 그걸 토대로 사람들을 만나고 하는 그 활동들로 내 삶을 채우는 일이 그 자체로 '실천'이라고 생각합니다.

이렇게 말하면 어떨지 모르겠지만, '공부'는 정말 재미있습니다. 특히 마음이 잘 맞는 사람과 함께한다면 그 재미는 이루 말할 수 없을 정도지요. 게다가 계속해서 '앎'이 확장되어 가는 '공부' 자체도 물론 재미가 있지만 공부를 하면 할수록 갱신되는 자기 자신을 보는 일도 큰 기쁨을 줍니다.

물론 즐겁고 기쁘기만 한 건 당연히 아닙니다. 공부하지 않앉더라면 아무 일도 아니었을 일들을 겪으면서 큰 괴로움을 겪기도 합니다. 그런데 반대로 공부하지 않았다면 도저히 스스로 해석해 낼 수 없었을 사건들을 자기 힘으로 해석해 내고, '다음'을 향해 가는 힘은 '공부' 없이 기를 수 없습니다. 이를테면 앞서 말씀드린 것처럼 가까운 사람의 죽음 같은 일이나, 어제까지 멀쩡하게 굴러갔던 평범한 일상이 파괴되는 일들이 그렇습니다. 그런 일들을 자기 힘으로 해석해 낼 수 없으면 대개는 그 자리에서 살아 있어도 죽은 것처럼 살아가게 됩니다. 어쩌면 '인문학 공부'는 '다음'을 향해 나아가기 위해서 하는 것인지도 모르겠습니다.

『공산당 선언』에서부터 출발해서 문득 정신차려 보니 옆에 아내도 있고, 딸도 있고, '언제 한번 정리해야지' 할 정도의 책들이 쌓여 있습니다. 모두가 이렇게 강을 건너듯 살 수는 없을 테지만, 그래도 '인문학 공부를 해볼까' 하는 마음이 있는 분들이라면 얼른 배를 띄우시라 말씀드리고 싶습니다. 공부를 해 가다 보면, 다른 것은 몰라도 최소한 '자기 자신'에 대해서만큼은 더 잘 알 수 있게 됩니다. 심지어 한 번도 의문을 품어 보지 않았던 '자기 자신'에 대해서도 완전히 의외의 발견을 할 수 있게 될지도 모릅니다. '세계'는 온갖 다양한 것들의 집합체입니다. 매일 그걸 대하며 살아가는 '나'도 결코 단일하지 않습니다. '세계'만큼이나 다양한 '나'가 있을 겁니다. 지금의 '나'를 긍정하든, 부정하든 '나'를 새로운 차원으로 펼쳐 보아야 합니다. 그래야 내 삶이 풍요로워집니다. '확신'하건대 '인문학 공부'에 그 길이 있습니다.

1장

왜

'세미나'인가?

하루하루가 바뀌면 인생이 바뀐다

세미나를 하면 무엇보다 하루하루가 바뀝니다. 보통 세미나 모임은 일주일에 한 번씩입니다. 그러면 세미나 모임이 없는 날은 세미나와 상관없이 사느냐, 결코 그렇지 않습니다. 세미나 모임에서 할 말을 만들어 놓으려면 주중에 책을 읽어 놓아야 하고, 혹시라도 발제를 맡았다면 발제문 쓸 준비도 하면서 텍스트도 읽어야 합니다. '열심히' 한다고 가정했을 때, 주어진 일주일의 시간은 결코 넉넉하지 않습니다.

가장 큰 난관은 정해진 분량을 어떻게든 읽어야 한다는 점입니다. 텍스트가, 칸트의 3대 비판서나 들뢰즈·가타리의 저작들처럼 조금(?) 하드코어한 편이라면 정해진 분량을 읽는 것만으로도 허덕거릴 정도입니다. '세미나'를 한다는 건 그런 것입니다. 일주일 중에 하루를 정해 놓고 표지를 세우는 것이지요. 그리고 일주일 중의 다른 날에는 그 표지를 향해서 걷는 것입니다. '열심히' 한다는 전제하에 그렇게 걷다 보면 이전에는 느낄 수 없었던 어떤 상태에 다다르게 됩니다. 하루를 엉성하게 살았다는 후회가 없는 상태, 내가 나 스스로를 잘 돌보면서 살고 있다는 확신 속에 살아가는 상태, 애써서 하지 않으면 할 수 없는 일을 잘하는 데서 오는 자부심을 느끼는 상태 등등. 그런 상태들이 자주 반복되고, 오래 지속되면 '나'라고 하는 사람이 바뀝니다. 다른 사람이 되는 것이지요. 그러면 자연스럽게 내 인생이 바뀝니다. 자주 만나는 사람들이 '함께 공부하는 사람들'이 되고, 자주 하는 일이 책 읽고 글을 쓰는 일이 되며, 시간이 날 때마다, 애써 시간을 만들어서 하는 일이 '공부'가 되는 삶이 됩니다.

물론, 그렇게 '표지를 향해 걷기'를 반복하면서 살 수만은 없습니다. 그렇게 해 나가다 보면 어느 순간 '공부를 왜 하지?' 하는 생각이 들기도 합니다. 그래도 괜찮습니다. 그러면 그 질문을 붙들고 또 앞으로 나아가면 됩니다. 그러한 생각 자체가 이미 '공부하는 삶' 속에 있다는 반증이니까요. 공부를 해야 그걸 '왜 하지'라고 물을 수 있는 겁니다. '왜 하는가' 하는 질문을 두고 생각해 보았더니, '안 해도 된다'는 결론이 나왔다면 그때 중단하면 됩니다. 그런데 저는 확신합니다. 세상에 인문 고전 공부 맛을 안 본 사람은 있어도 한 번만 본 사람은 없다는 것을요. 이 세계에 일단 한 번 발을 들인 사람은 회의감 속에서 '왜 하지'라는 질문을 던질 때조차 자신의 그러한 감정을 '공부'하는 것이기 때문입니다.

정리하자면 이렇습니다. 인문 고전 세미나를 지속해 간다면, 쌓여 가는 책들 덕에 책상은 어지러울지 몰라도 '일상'은 단순하게 정리됩니다. 주로 관심을 두는 것이 바뀌고, 주로 만나는 사람이 바뀌고, 반복적으로 하는 행동이 달라지는 것 말고 무엇이 더 바뀌어야 '인생'이 바뀌는 걸까요? 저는 다른 예를 알지 못합니다.

———

'읽기'의 밀도가 높아진다

혼자서 책을 읽다 보면 말 그대로 책들이 스쳐 지나갑니다. 일상적으로 책을 읽는 사람들이라면 더 잘 아실 겁니다. 인간의 감각은 지속적인 노출에 따라 무뎌지는 성질이 있기 때문에, 처음에는 조금 괜찮은 정도의 문장들만으로도 큰 감동이나 의식의 환기가 일어나지만, 지속적으로 책을 읽어 가다 보면 어느 시점에 이르러서는 웬만큼 파격적인 문장이 아니고서는 마음이 잘 움직이질 않게 됩니다. 바로 그때, 독서의 권태기가 찾아옵니다. 지치는 순간이지요. 물론 '세미나'를 지속적으로 해간다고 해도 그런 순간이 찾아올 수 있습니다. 아예 읽는 책의 내용과 상관없이 '세미나'에서 형성되는 인간관계 자체에 회의감이 들 수도 있고요. 그렇지만, 생각해 봅시다, 그 정도 '위험'은 언제나, 무슨 일을 하거나, 누구를 만나든지 있는 법입니다. 그럼에도 불구하고 나와는 다른 여러 사람들과 함께 책을 읽어 간다면 '권태기'가 훨씬 드물게 찾아옵니다. 아시는 바와 같이 '사람'이란 비슷비슷한 것 같으면서도 저마다 생각하고 느끼고 보는 바가 다 다르기 때문입니다. 나 혼자 읽으며 미적지근한 느낌을 받았던 문장이라도 내 앞의 사람은 완전히 다른 방식으로 읽을 수 있는 것이지요. 그리고 세미나 시간에 모여 있을 때 그 사람이 자신이 느낀 흥분을 다른 사람들에게 전파합니다. 내게 와서 죽었던 문장이 다시 부활하는 순간입니다. 그러면 어떻게 될까요. 그 사람의 '흥분'에 감염된 나의 무의식은 내가 읽었던 모든 것들을 새롭게 배치합니다. 그건 텍스트의 의미가 다시 태어나는 사건입니다. 내가 다른 사람을 감염시킬 수도 있습니다. 근사한 일이지요.

이런 식으로 텍스트를 읽어 가다 보면 혼자서 '독서'를 할 때와는 비교할 수 없을 정도로 읽기의 밀도가 높아집니다. 내용도 더 풍부해지고, 거기에 반응하는 내 감각도 더욱 예민해지고요. 물론 세미나가 성공적으로 진행될 때의 이야기이기는 합니다. 그런데 무슨 세미나든 하지 않으면 성공적으로 진행되는 세미나도 할 수 없습니다.

이와 같은 경험이 쌓이다 보면 '읽기'를 대하는 내 태도가 점점 달라집니다. 어떻게 하면 이 텍스트와 더 강렬하게 감응할 수 있을지 고민하며 읽게 되는 것이지요. 그리고 어떻게 하면 함께 읽어 가는 동료들에게 내가 발견한 것들을 더욱 잘 전할 수 있을지도 고민하게 되고요. 이런 '읽기'는 오직 함께 읽을 때에만 가능합니다. 이건 혼자서는 다다를 수 없는 강도로까지 읽는 나를 밀어 올리는 읽기입니다.

어떻게든, 끝까지 간다

물론, 모든 텍스트를 그렇게 높은 밀도로 읽어 갈 수는 없습니다. 그럴 수 있다면 얼마나 좋겠습니까. 경우에 따라서는 그냥 읽는 것도 버거운 텍스트들이 있습니다. 공부를 시작한 지 얼마 되지 않은 상태에서라면 펼치는 모든 책이 그럴 수도 있고요. 문제는 경험입니다. 처음에는 힘들지만 차곡차곡 경험을 쌓아 가다 보면 어느 순간 똑같은 수준으로 어려운 책을 만나더라도 그 책을 어떻게 다뤄야 할지 알게 됩니다. 이건 자연스럽게 체득되는 것이지요. 문제는 그 순간까지 어떻게 가느냐 하는 것입니다.

세미나를 한다고 할 때 가장 실질적으로 좋은 점이 저는 여기에 있다고 생각합니다. 세상에서 가장 깨지기 쉬운 약속은 어떤 약속일까요? 바로 '자신과의 약속'입니다. 이 약속은 얼마나 연약한지 약속한 지 1분도 채 되지 않은 시점에도 깨질 수 있습니다. 심지어 약속을 하는 순간에 동시적으로 깨질 수도 있지요. 이를테면 닭다리를 뜯으며 하는 '아, 진짜 다이어트 할 거야' 같은 약속 말입니다. 그런데 '약속'은 속성상 그 약속에 참여하는 사람이 늘어날수록 튼튼해집니다. 물론 '어느 정도까지'입니다. 약속을 어기더라도 티가 잘 나지 않는 정도로 수가 늘어나면 이 역시 깨지기가 쉽습니다. 이를테면 '법'이 그렇지요. 어쨌든, 세미나를 하면 나 혼자 읽기에 벅찰 정도로 어려운 텍스트라도 꾸역꾸역 읽어 갈 수 있습니다. 세미나 동료들과 한 약속이 있으니까요. 그 약속을 어기기가 부담스럽기 때문입니다.

그런데 비단 그 이유 때문만일까요? 정해진 분량을 다 읽어가지 않으면 창피해서, 세미나 진행자가 뭐라고 하니까, 아니면 약속된 벌칙이 있어서, 꾸역꾸역 다 읽어 가는 것일까요? 그런 이유들 때문만은 아닙니다. 앞서 말씀드린 '일상이 정돈되는 느낌', '읽기의 밀도가 높아지는 기분'처럼 긍정적인 상태를 지속시키고 싶은 마음도 '꾸역꾸역 읽기'를 지속시키는 데 큰 힘을 발휘합

니다. 그리고 바로 다음에 이어지는 '친구'를 잃기 싫은 마음도 큰
역할을 합니다.

함께 공부할 수 있는 '친구'가 생긴다

'친구'에 대한 여러 이미지들이 있습니다. 사전적인 의미는 '오랫
동안 가깝게 사귀어 온 사람'입니다(영화 〈친구〉에도 나오지요). 그
래서 '친구'라고 하면 어릴 때부터 친해서 언제든 서로의 흉금을
터놓아도 마음이 편하고, 어쩌다 한 번씩 만나지만 만날 때마다
어린 시절로 돌아간 것 같은 기분을 느끼게 하는, 그런 이미지가
강합니다. 그래서 나이가 들어서 만난 친구는 '진정한 친구'가 될
수 없다는 고정관념도 있습니다. 그건 아마도 나이가 들어서 여
러 '이익'에 엮인 몸이 되면 이른바 '순수한 마음'으로 관계를 맺
을 수 없다는 생각 때문에 생긴 고정관념일 겁니다. 물론 어느 정
도는 타당한 이야기입니다. 누가 나쁜 사람이어서가 아니라 '어
른'의 조건이 그럴 수밖에 없는 경우가 많기 때문이지요. 그런 점
에서 보자면 '세미나'를 통해서 만나는 '친구'는 정말 특별합니다.
드물기 때문에 '특별'한 것도 있지만, 이 관계가 보통 생각하는
'친구'나 '연인', '직장동료' 같은 관계들과도 많이 다르기 때문입

니다. 심지어 '학교 친구'하고도 다릅니다.

　세미나에서 만나는 사람들 사이에는 공통의 목표가 있습니다. 다름 아니라 '공부'를 함께한다는 목표입니다. 이 관계는 묘합니다. 물론 '인간관계'를 넓히려고 독서토론 모임이나 세미나에 참여하는 경우도 있기는 합니다만, 그래도 세미나의 목표는 역시 '공부'일 수밖에 없습니다. 어떤 책을 읽고 싶다는 열망, 내 삶에 무언가 변화를 가져다줄 '앎'을 찾겠다는 열망 없이 그저 사람 하나 더 사귀려고 세미나에 참여한다면 오래갈 수가 없기 때문입니다. 왜냐하면 그런 마음으로는 애써 책을 읽고 발제문을 쓰는 노력이 '손해'로 느껴질 가능성이 크기 때문입니다. 한두 번씩 결석을 하는 건 당연한 일이고, 매번 나온다고 하더라도 주어진 텍스트를 제대로 읽어 오지 않을 겁니다. 무엇보다 본인이 가장 괴롭겠지요. 물론 그런 계기로 '공부'에 관심을 갖고 참여한다면 이야기가 달라지긴 하겠지만 말입니다.

　어쨌든, 그렇게 '공부'라는 공통의 목표를 가지고 만난 사람들이니만큼 이후의 관계도 '공부'를 중심으로 흘러가게 될 가능성이 높습니다. 이를테면 '다음엔 무슨 책을 읽을까?'로 관계의 행로가 이어지는 식입니다. 이렇게 만나는 사람들은 '내가 요즘 너무 힘들어' 같은 이야기를 소위 '진정한 친구'끼리 술 마시고 하는 주정처럼 하지 않습니다. 오히려 어떤 텍스트의 내용을 두고 이야기하면서 자신의 요즘 상태, 과거사를 이야기합니다. 자기 자신의 서사도 '공부'라는 틀 안에서 발화하는 것이지요. 세미나를 함께 오래 지속하는 사람들이라면 그런 발언들을 들으면서 '그 사람'에 대한 이해와 관심을 높여 갑니다. 그 속에서 물론 애정이 생겨납니다. 그런데 그 애정의 성질이, 뭐라고 해야 할까요? 비교적 깔끔합니다. 그러니까 막연하게 서로의 '힘듦'을 호소하는 관계에 비해서 소모적이지 않다는 말입니다. 물론 그런 관계가 무조건 나쁘다는 이야기는 아닙니다. 그런 관계 나름의 미덕이 있는 법이지요. 그런데 '공부'를 중심으로 펼쳐진 네트워크는 그런 '끈적한' 관계 이상의 힘을 발휘합니다. '공부'를 하는 이상 어느 때고 함께 둘러앉아 이야기할 수 있는 관계인 것이지요.

물론 그 속에서 '진정한 친구'와 같은 관계로 이행해 갈 수도 있습니다. 그리고 아예 관계 자체가 박살나 버릴 수도 있고요. 그런데 그건 어느 관계나 가지고 있는 위험입니다. 그 위험을 회피하는 방법은 간단합니다. 함께 공부하는 관계를 계속 증식하면 됩니다. 세상에, 언제든 '함께 공부'하자고 제안할 수 있는 '친구'가 있다는 건 얼마나 근사한 일입니까. '오랫동안 가깝게 사귀어 온 사람'에게도 쉽게 할 수 없는 제안입니다. 관계의 시작에 '공부'가 있어서 가능한 일입니다.

2장

어떻게

'세미나'를 할까? ①

— 공부 모임 시작하기, 만들기, 들어가기

'입문'에서 '자유'까지

'인문학'에 접근하려고 할 때 가장 먼저 떠오르는 것은 '책읽기'고, 그 다음은 '강의'입니다. '강의'를 들으려면, 먼저 내가 하고 싶은 공부부터 생각해 보아야 합니다. 막연하게 '인문학'이라고만 한다면 들을 수 있는 강의도, 할 만한 공부도 찾기가 쉽지 않지요. 물론 기존에 출간된 책들 중에서 '인문학 ○○○' 같은 제목을 달고 나온 책들도 꽤 많습니다. 그런 책들을 일단 한번 사서 읽어 보시는 것도 좋습니다. '대충 이런 거구나' 하고 감을 잡을 수 있으니까요.

그런데 그런 종류의 책은 한 권, 많으면 두 권 정도만 읽으면 충분합니다. 주변에서도 가끔 보게 되는데 간혹, '인문학 ○○○' 류의 이른바 '입문서'만 계속 읽는 경우들이 있습니다. 말하자면 계속 '입문'만 하고 있는 셈입니다. '입문'은 그저 '문'(門)을 통과할 정도면 충분합니다. 그 다음엔 앞으로 나아가야 합니다. '인문학 공부'의 진짜 재미는 문 너머에 있습니다.

'입문서'를 읽고서 '감'을 잡고 난 다음에는 어떻게 해야 할까요? 그러고 난 다음에는, '그래, 이걸 공부해야겠어'라는 생각이 떠오르는 것일까요? 그럴 수도 있지만, 대부분은 그런 생각이 잘 들지 않습니다. '인문학이 이런 건가 보다'('이런 거구나'가 아닙니다) 하는 생각 정도만 듭니다. 이때쯤 '인문학'에 관심을 갖게 된 계기를 떠올리게 됩니다. 여러 가지 이유가 있을 겁니다. 그 이유들과 '이런 건가 보다'에서 '이런'이 잘 맞으면 다음 스텝으로 옮겨 가면 됩니다. '이런'에 해당하는 것을 공부하는 거지요. 이때 마침 주변에 인문학 공부에 관심을 갖기 시작한 친구가 있으면 더욱 좋겠습니다만, 그런 경우는 잘 없죠(있다면 축하드립니다). 본인이 원래 생각한 인문학과 책에서 본 인문학이 다르다 싶으시면 책을 한 권 더 사 보는 것도 좋습니다. 다른 돌파구가 생길 수도 있으니까요.

그런데, 저의 솔직한 생각으로는 입문서 격의 책을 읽어 보면 좋기는 하겠지만, 그게 꼭 필요한 건 아닌 듯합니다. 차라리 '인문학'이라는 문 앞까지 오게 만든 자신의 상태와 마음을 좀 더 잘 살펴보는 것으로도 충분합니다. 분명 무슨 이유가 있을 겁니다. 살아오던 대로 살고 있는데 매번 비슷한 문제에 부딪히게 된다든지, 그래서 '인간'과 인간의 '삶', 그리고 우주를 탐색한다고 하는 '인문학'에 관심이 생길 수도 있습니다. 아니면 이 공부, 저 공부 하다가 여기저기서 튀어나오는 '인문학'이라는 키워드에 갑작스러운 관심이 생길 수도 있습니다. 그것 말고도 초중고대학교까지 다 마치고 이제 좀 인생이 정리가 되나 싶었는데 취업해야 하고, 결혼해야 하고, 애 낳아서 키워야 한다는, 그러니까 인생의 '무빙워크'가 아직 한참 남았다는 사실을 깨닫고는 도저히 어찌할 수 없는 '허무'를 어떻게 해보려는 방편으로 '인문학'의 문 앞까지 당도했을 수도 있습니다.

이런저런 다양한 이유들이 우리를 '인문학' 앞으로 내몰고 있지요. 네, 거기엔 무언가가 있습니다. 제 경험에 비춰 보자면, 어떤 '인문학'도 문제에 딱 떨어지는 '답'을 주지는 않습니다. 다만 거기서 구르다 보면 살면서 맞닥뜨리는 여러 문제들을 다루는 '능력'을 기를 수는 있습니다. 그 능력이 커지면 그 '문제'들을 결코 없앨 수 없다는 걸 깨닫기도 합니다. 거기서 더 나아가면 그런 '문제'들을 옆에 두고 살아도 아무런 불편을 느끼지 못할 정도까지도 갈 수 있습니다. 저는 이게 인간이 얻어 낼 수 있는 '자유'의 최대치가 아닐까 생각합니다.

'강의', 함께 공부할 사람을 만나는 곳

그렇게 '인문학'의 문 앞까지 왔고, 들어가 보겠다는 마음까지 생겼다면, 무엇을 해야 할까요?

네, 검색을 하시면 됩니다. 사는 동네 주변의 도서관에서 열리는 단기 강좌도 좋고, 지속적으로 관련 강의를 여는 '인문학 공동체'나 '단체'를 찾아보아도 좋습니다. 서점이나 출판사 이벤트로 열리는 '출간 기념 강연'도 좋기는 합니다만, 워낙 일회성에 그치기 때문에 '함께 공부(세미나)할 사람을 찾는다'는 취지에는 잘 맞지 않습니다. 조건은 이렇습니다. 2회 이상 연속강의로 구성되어 있고(강사는 시간마다 달라도 됩니다), 수강생이 비교적 적은(10명 안팎) 강의를 골라서 수강하시면 됩니다. 이제 거기서 사람들과 얼굴도 익히고 하면서 '다음'(세미나)을 도모해 보는 것이지요. 강의가 재미있고, 사람들의 열의도 높다면 강의 이후에 강의에서 다루는 주제를 더 깊이 공부해 보자고 제안하기도 쉬워집니다.

이렇게 공부 모임을 일단 만들고 나면 그다음부터는 훨씬 재미있는 일들도 가능해집니다. 지속적으로 '세미나'를 진행해 갈 수도 있고, 경우에 따라서는 공부 모임에서 강사를 초빙해서 강의를 개설해 볼 수도 있고요. '인문학 단체'가 별다른 게 아닙니다. 이런 '공부 모임'이 확장되면 '인문학 단체'가 되는 겁니다. 어쩌면 아예 '인문학 단체'를 꾸려 가는 매니저로 인생이 바뀔 수도 있습니다!

그렇게 하는 건, 물론 쉽지 않은 일입니다. 종강 때까지 아는 사람 하나 만들지 못할 수도, 함께 공부하자고 입이 떨어지지 않을 수도 있지요. 그런 경우라면 아예 '인문학 공동체'나 '단체'에 가서 강의를 듣는 것도 좋습니다. 그런 곳들에서는 '강의'와 동시에 여러 세미나들이 개설되어 있으니까요. 강의를 수강하면서 공간의 분위기도 익히고, 사람들과 교류도 해보다가 공부해 보고 싶은 '세미나'가 개설되면 '신청'만 하면 되는 겁니다. 그다음에는 거기서 계속 공부해 갈 수도 있고 경우에 따라서는 독자적인 공부 모임을 만들어 볼 수도 있습니다. 앞서 말씀드린 것처럼 말이지요.

말하자면, '인문학 강의'를 듣는 건 좋은 시작입니다. 거기서 '인문학 공부'를 해온 사람, 하려는 사람, 하고 있는 사람 등, '인문학'에 연루된 다양한 형태의 사람들을 실제로 볼 수 있다는 게 큰 장점입니다. 이건 하나의 네트워크 속으로 진입하는 것입니다. 거기서, 때에 따라 이번에는 이 사람들과, 다음에는 또 다른 사람들과 계속에서 세미나 모임을 만들어 갈 수 있습니다. 그러자면 토대, 네트워크가 있어야 하는 것이지요. 여기에 한번 '접속'하고 나면 그다음부터는 '어디서 세미나를 하지' 하고 고민할 필요가 없습니다. 바로 거기서 하면 되는 것이니까요. 거기서 끝이 아닙니다. 하나의 네트워크는 여러 갈래로 확장되기도 합니다. '공동체'란 고립되어 있는 것이 아니기 때문이지요. 다음에는 처음에 접속한 곳이 아닌 다른 곳에서 공부할 수도 있습니다. 중요한 것은 첫번째 '접속'입니다. 그게 되면 나머진 자동으로 됩니다.

'자동으로 된다'고 해서 해봤더니 '자동으로' 되지 않으면 어떻게 해야 할까요? 당연히 그럴 가능성도 있습니다. 그런 경우에는 그 공간에서 강의를 더 수강하면서, 사람들의 얼굴도 더 익히고 다음에 찾아올 기회를 노리면 됩니다. 그걸 반복하는 것도 이미 '공부'입니다. 그러나 아예 '공간' 자체에 적응을 못할 수도 있습니다. 그럴 때는 강의를 듣는 공간을 바꿔서 기회를 보면 됩니다. 다만, 이 경우엔 신중해야 합니다. 공간을 바꾸면 어쨌든 처음부터 다시 시작하게 되는 것이니까요. 그마저도 여의치 않다면, 혼자서 공부를 지속해 가면 됩니다. 그렇게 혼자 공부를 하는 동안에도 '함께 공부'할 기회를 지속적으로 찾아보면 되니까요. 물론, 그건 쉬운 일은 아닙니다. 단번에 강의 듣고, 함께 세미나팀도 만들고 하는 것에 비해서는 고단한 길입니다. 그러나 '혼자 공부' 하다가 '함께 공부'하는 길로 가게 되면, 이미 '인문학 공부'를 하는 사람이 된 상태에서 '함께 공부'하는 것이기 때문에 처음부터

주도적으로 세미나에 참여할 수 있습니다. 가장 힘든 경로가 가장 확실한 길이 될 수도 있습니다.

___

이미 함께 공부할, 공부하는 친구들이 있다면?

그러면 걱정할 필요가 없습니다. 바로 시작하면 되니까요. 그런데, 앞서 말씀드린 것처럼 고립되어서는 안 됩니다. 어딘가에 접속되어 있어야 하지요. 그래야 모임에 활력이 생깁니다. 비슷비슷한 수준의 사람들끼리만 모이는 상황이 반복되면 한계가 빨리 찾아옵니다. 가끔 공부하는 주제를 전문적으로 연구하는 외부 강사를 초빙하기도 하고, 아니면 모임에 새로운 사람을 받아들이기도 해야 합니다. 그래야 모임이 '외부'를 향해 열려 있게 되니까요. 아니면 공부하는 주제, 앞으로 공부할 주제와 관련된 강의를 검색해 보고 모임 사람들 전체가 함께 수강하는 것도 좋습니다. 강의를 한번 듣고 나면 이후의 공부에서 헤매는 일이 훨씬 줄어듭니다. 그리고 강의를 들으며 만난 사람을 기존의 모임에 새로 가입시킬 수도 있습니다. 어쨌든 중요한 건 공부 모임이 지속되기 위해서는 모여서 공부하는 것도 중요하지만, 모임 밖으로 나가서 공부하거나, 모임 밖에서 공부할 사람을 들여오는 식의

'자극'이 지속되도록 하는 게 정말 중요합니다. 그 점은 개인에게나 집단에게나 마찬가지로 적용되는 원리입니다. 사람이 바깥에서 들어오는 음식을 먹고, 공기로 호흡하면서 생명을 유지하듯이 '모임'도 밖에서 들어오는 자극과 더불어서 성장하는 것이기 때문입니다.

정리하자면, '공부'에 있어서 가장 중요한 것은 '나' 또는 '우리 모임'의 '바깥'과 연결되는 것입니다. 그건 인간관계에 있어서도 그렇고, 공부의 주제에 있어서도 마찬가지입니다. '인문학 공부'를 왜 하는 것일까요? 그건 결국 내 삶에 닥쳐오는 불가피한 '문제'들과 긴밀한 관련이 있습니다. 인간은 왜 죽는가? 돈 없이 행복할 수는 없는가? '가족'은 쉼터인가 감옥인가? 사회적 성공만이 가장 중요한 가치인가? 등등. 살다 보면 좋든 싫든 만나게 되는 문제들입니다. 이 문제들에 대해 '잠정적'으로나마 답하기 위해서는 지금까지 살아온 대로 살고 있는 '나'에서 벗어나야 하는 것입니다. 그래서 다른 사람들의 말도 들어 보고, 오래전에 이미 나와 같은 질문을 던져 본 사람의 책도 읽어 보고, 비슷한 문제를 공유하는 사람들과 모여서 그 문제에 관해 토론해 보고 하는 것이지요. 이 모든 것은 일종의 '외부', '나'의 경계선 바깥에 있는 것들입니다. '공부'는 곧 거기에 '접속'하는 일인 것이지요. 잘 접속할수록 더 적합한 답을 얻습니다. 그런 점에서 보자면 '인문학 세미나'는 '외부'와 연결되는 '접속구'와 같은 장소입니다. 어쩐지 두근거리지 않습니까?

이제 '세미나'를 진짜로 어떻게 하면 좋을지 알아볼 차례입니다. 그러니까 주제도 정했고, 어떤 책을 읽을지도 정했고, 정해진 분량을 다 읽고 만난 다음에 어떻게 해야 하는지, 다음 장에서는 그 이야기를 해보겠습니다.

3장

어떻게

'세미나'를 할까?②

― 세미나의 다양한 형태들

세미나는 '독서 모임'과 어떻게 다를까?

사실 '독서 모임'과 '세미나'를 구분하는 경계는 뚜렷하게 그을 수 없습니다. '독서 모임'이라고 이름을 붙이고 '세미나'를 할 수도 있는 것이고, '세미나'라고 이름 붙이고 '독서 모임'을 할 수도 있는 것이니까요. 그런데 제 경험에 비춰 보자면 둘 사이에는 약간 다른 점이 있기는 합니다. 이를테면 대부분의 '독서 모임'이 '독서'에 방점이 찍혀 있는 데 반해, '세미나'는 '공부'에 방점이 찍혀 있습니다. 이게 무슨 말인가 하면, '독서 모임'은 말 그대로 책 한 권을 완독해 내는 데 목표가 있는 경우가 많다는 이야기입니다. 반대로 '세미나'도 책 한 권을 다 읽으려고 하는 건 마찬가지이지만, '책읽기' 그 자체보다 그 책을 '이해'하는 데 초점이 맞춰져 있는 경우가 많습니다.

참가하는 사람의 마음도 많이 다릅니다. '독서 모임'에 참가하는 사람은 '책'과 관련된 동호회 활동을 하는 느낌으로 모임에 참가합니다. '세미나'의 경우엔 (배우는 사람이라는 의미에서) 학생의 마음으로 참가합니다. 그러니까 '세미나'에서는 어떤 '앎'에 이르지 못하면 괴롭습니다. '이해하고 싶은 마음'과 그에 이르지 못한 자신에 대한 자괴감, 어떤 앎의 지평에 이르렀을 때의 희열 같은 감정이 복잡하게 교차합니다. 말하자면 세미나에서는 '공부', 그 자체에서 여러 감정들이 발생합니다. 반면에 여러 '모임'들이 대개 그렇듯이, 독서 모임에서 '감정'은 주로 '인간관계'로부터 발생하곤 합니다. 그러니까 여러 요소들을 고려해 볼 때, '세미나'는 '공부'에 다른 모든 요소들이 의존하고 있는 모임입니다. 반대로 말하면, '공부'가 별로 중요하지 않은 '세미나 모임'은 '세미나'가 아닌 것이지요. 세미나에서는 '함께-공부한다'는 점이 가장 중요합니다. 그 점만 확실하다면 '독서 모임'과 같은 형태로 세미나를 진행해도 큰 문제는 없습니다. 예를 들어서 '인문 고전' 읽기를 본격적으로 시작하기 전에 예비 모임 형식으로 그 주제에 관련된 가벼운 입문서를 읽고 감상을 나누어 보는 형태로 말입니다.*

그렇게 예비 모임을 하고 본격적으로 원전 읽기에 돌입한다면 그 또한 장점이 많을 겁니다. 무엇보다 읽고 있는 '인문 고전' 텍스트가 어떤 '담론' 속에 있는 것인지 텍스트의 '위상'을 파악하는 데 큰 도움이 될 수 있습니다. 그리고 텍스트 한 권으로 끝나는 형태의 세미나가 아니라, 사상가 한 사람의 전작 내지는 주요 저서 전체를 읽는 것을 목표로 하는 세미나라면 해설서나 입문서를 읽는 예비 모임은 '옵션'이 아니라 '필수'일지도 모릅니다. '사유의 진행'을 알고 읽는 것과 모르고 읽는 것에는 큰 차이가 있기 때문입니다.

그와 같은 점들을 염두에 두고 '세미나'의 전 단계로서 '독서 모임'을 진행한다면 세미나의 내용을 더욱 풍부하게 할 수 있을 겁니다. 그런데 그것을 두고 '세미나'라고 하지 않고 '독서 모임'이라고 하는 이유는 무엇 때문일까요? 사실은 그것도 '세미나'입니다. 다만, 본격 세미나에 돌입하기 이전이니만큼, '발제'나 '토론'에 전력을 기울이실 필요는 없다는 말씀을 드리고 싶기 때문입니다. 조금 가벼운 마음으로, 텍스트의 세부에 들어가기 전에 원경(遠景)으로, 앞으로 공부할 텍스트를 살펴보면 그것으로 충분합니다. 그리고 나서 세미나가 끝난 후에 예비 모임 때 읽은 해설서를 보시면 깜짝 놀라게 될지도 모릅니다. 그때는 전체와 부

---

* '공부'의 가장 본질적인 요소인 '읽기'와 '쓰기'에 관해서는 고미숙, 『읽고 쓴다는 것 그 거룩함과 통쾌함에 대하여』(북드라망, 2019)를, '(인문학) 공부'의 의미에 대해서는 김영민, 『공부란 무엇인가』(어크로스, 2020)를 추천해 드립니다.

분이 비교적 한번에 보이기 때문입니다. '공부'가 그렇게 성장해 갑니다.

세미나의 형식 1— 발제와 토론

세미나를 하려면 최소한 두 명 이상의 사람이 필요합니다. 그렇지만 '두 명'은 세미나에 필요한 최소한의 인원이지 원활한 세미나를 진행하는 데 필요한 숫자로는 조금 모자랍니다. 원활한 진행을 위해서는 최소 넷에서 다섯 명 정도가 필요합니다. 일곱 명까지도 괜찮다고 생각하지만, 그 이상이 된다면 '진행자'의 능력이 탁월해야 합니다. 여하튼, 그렇게 사람들이 모여서 어떤 책을 함께, 공부하며 읽어 가기로 합니다. 이때 가장 일반적으로 통용되는 형식이 한 사람이 발제문을 써 오고, 세미나 시간에 그걸 토대로 토론해 가는 방식입니다. 세미나를 '원활'하게 진행하는 데 필요한 인원이 네다섯 명인 이유는 바로 그 때문입니다. 그보다 적으면 '발제문'을 너무 자주 써야 하고, 그보다 많으면 발제문을 쓰기까지 너무 오래 기다리는 사람이 생기기 때문입니다. 전자는 부담스럽고, 후자는 지루합니다. 그래서, '발제-토론' 방식으로 세미나를 진행하려면 네다섯 명 정도가 딱 적당합니다. 만약에

'발제문' 이외에 지난 세미나의 내용을 정리하는 '정리문'까지 쓰기로 한다면 일곱 명 정도여도 좋습니다. 대략 3~4주에 한 번씩 '글쓰기'를 할 수 있게 됩니다. 일단, '인원수'는 그렇습니다.

'발제와 토론'이 가장 일반적인 세미나 형식이 된 데에는 이 방식이 가진 특유의 장점들이 있기 때문입니다. 이 방식으로 세미나를 진행하면 무엇보다 '계획'을 세울 수가 있습니다. 다시 말해 매 모임마다 어느 정도의 분량을 나갈지, 해당 분량에 대한 발제문은 어떤 사람이 써 올지 미리 정할 수가 있다는 이야기입니다. 그렇게 하면 세미나가 언제 끝날지도 정할 수가 있지요. 이건 뒤에서 다룰 '강독' 형태의 세미나에 비해서 대단히 큰 장점입니다. 어떻게 해서든 미리 정한 기간이 끝나면 텍스트 한 권을 통과할 수 있기 때문입니다.

대학이나 대학원에서 하는 세미나를 제외하고 인문학 세미나를 가장 자주, 많이 하는 곳은 여러 인문학 공동체들과 단체들입니다. 이런 곳들에서는 각 계절별, 시즌별로 세미나 프로그램을 운영하는데, '발제와 토론' 방식의 세미나는 '계획'을 세워서 한 권을 끝낼 수 있다는 점 때문에 그러한 '프로그램'에 최적화되어 있습니다. 그와 더불어서 돌아가면서 발제문을 쓰기 때문에 '세미나' 과정에서 각자 나름대로 텍스트를 다루는 훈련도 할 수 있습니다. 그러니까 요약하고 질문을 만들고, 그것들을 하나의

'글'로 완성하는 훈련을 하는 것이지요. 가장 일반적인 세미나 형식이 된 데에는 그런 특유의 장점들 덕분입니다. 잘만 운영되면 정해진 시간 내에 큰 효과를 거둘 수 있는 것이지요.

그런데, 반대로 제대로 운영되지 않을 경우에 그런 장점들이 고스란히 단점이 되기도 합니다. 그러니까 '계획'대로 되지 않을 경우에 말입니다. 이를테면 발제문을 써 오기로 한 사람이 약속을 어기고 글을 써 오지 않으면, 만약에 진행자가 능숙하지 않을 경우 그날의 세미나는 쫄딱 망해 버릴 수도 있습니다. 또, 다루는 텍스트의 난이도가 구성원들의 수준을 아득히 넘어갈 정도로 높을 경우, 유의미한 독해나 토론을 하지 못하고 '계획'대로 진도'만' 나가는 데 그칠 수도 있습니다. 그것도 그것대로 의미가 있을 수는 있겠지만, 아무리 그래도 어느 수준 이상의 '이해'에는 이르러야 합니다. 그게 되질 않으면 세미나의 동력이 확 떨어지고 맙니다.

그러면 그러한 문제들이 발생할 경우를 대비해서 무엇을 해야 할까요? 일단은 '진행자'가 정말 중요합니다. 텍스트에 대한 이해도가 높아서 구성원들의 '독해'에 방향을 제시해 줄 수 있으면 금상첨화겠지만, 꼭 그렇지는 않더라도 텍스트를 다른 구성원들보다 미리 파악해 두는 부지런함이 필요합니다. 그러면 텍스트의 난이도와 구성원들의 수준을 잘못 파악해서 버거운 계획을 잡는 일이 줄어듭니다. 만약에 텍스트의 난이도가 지나치게 높다면 계획을 조금 넉넉하게 잡아도 되고, 아니면 해당 텍스트를 읽어 가는 데 도움이 될 만한 다른 텍스트들을 가지고 사전 세미나를 진행해도 좋습니다. 요지는 세미나에 참여하는 사람들이 '공통의 속도'를 가지고 나아갈 수 있으면 되는 겁니다. '진행자'는 그 속도를 찾아내는 사람인 셈이지요. 그리고 당연히 '규율'도 있어야 합니다. 어쨌든 우리는 '함께 공부'를 하는 것이니까요. 발제문을 써 오지 않는 경우는 어떤 이유가 있더라도 있어서는 안 됩니다. 그건 정말이지 세미나의 토대를 허물어 버리는 일이기 때문입니다. 그 약속이 지켜지지 않는다면 세미나의 전제가 사라지는 겁니다.

―――

세미나의 형식 2 ― 강독과 요약, 토론, 그리고 '정리문' 쓰기

'강독'의 사전적 의미는 '글을 읽고 그 뜻을 밝히는 것'입니다. 사전적인 의미가 아닌 의미로도 그렇습니다. 강독식 세미나는 모여서, 돌아가며 한 문단 정도의 텍스트를 읽고 해당 부분의 내용을 요약하고, 자신의 견해를 덧붙이며 읽어 가는 방식입니다. 정말로 '함께 읽는' 형태의 세미나인 것이죠. 주로 외국어 원서를 번역

하며 읽어 갈 때 사용하는 형태입니다. 원서 읽기가 아니어도 난이도가 높은 텍스트일수록 이 형식을 사용하면 좋습니다. 그러니까 이른바 '원전'으로 불리는 고전 텍스트들 대부분을 이 방법으로 읽고 세미나할 수 있습니다. 사실 그런 책들을 제대로 읽는, 가장 좋은 방법입니다. 혼자 읽으면 놓치기 쉬운, 혹은 어려워서 고민하지 않고 넘어갈 텍스트의 '세부'를 놓고 토론하여 읽어 가는 방식이니까요. 요약의 내용에 이견이 있으면 바로 토론을 해볼 수 있고, 그 과정에서 텍스트의 내용을 충실하게 파악할 수 있습니다. 그리고 무엇보다 '읽은 내용'을 즉석에서 자신의 입으로 요약하고, 생각을 덧붙이는 건 텍스트를 읽는 데 정말로 좋은 훈련이 됩니다.

그리고 그건 혼자서 책을 읽을 때에까지 큰 영향을 줍니다. 이건 굳이 말하자면 '읽은 것'과 '알게 된 것'을 매 순간 일치시키며 읽는 일입니다. 읽은 것을 제대로 알지 못하면 입으로 말할 때 문제가 생기게 마련입니다. 아마 '말'로 하지 않았다면 자기 자신도 자기가 제대로 알고 있지 못했다는 걸 깨달을 수 없었을 겁니다. 자기 입으로, 자기의 말로 읽은 것을 다시 전달하면서 알지 못했던 것이 더 선명하게 드러나는 것이지요. 그리고 그런 불균형은 바로 이어지는 다른 사람과의 토론 속에서 어느 정도 해소될 수도 있습니다. 바로 해소되지 않는다고 하더라도 최소한 자신이 어디서 막혔는지는 분명하게 알 수 있지요. 바로 그게 공부의 주제가 될 수 있습니다. '인문학적 읽기'에선 내 머릿속에 지식을 집어넣는 것보다 그런 식으로 내 머리가 집어넣지 못하는 것들, 그러니까 '문제'를 찾아내는 것이 더 중요합니다. 그런 점에서 강독식 세미나는 '읽기'를 훈련하는 데 있어서만큼은 가장 적합한 방식입니다.

그런데 이 방식에는 아주 치명적인 단점이 한 가지 있습니다. 무엇인가 하면 '속도감'이 대단히 떨어진다는 점입니다. 책 한 권이 언제 끝날지 아무도 알 수 없습니다. 경우에 따라서 어떤 날은 한 문단만 가지고 세미나 시간 전체를 소모할 수도 있으니까요. 그러니까 이 방식은 참여하는 사람들에게 대단한 '끈기'를 요구합니다. 생각해 보세요. 세미나를 한다고 두꺼운 책을 한 권 구입했는데, 두세 달이 지나도록 '서문'만 읽고 있는 상태를요. 기간이 한두 달로 정해져 있는 세미나라고 한다면, 이 방식으로는 웬만해서는 책 한 권을 떼기가 어렵습니다. '한 학기 내내 수업에서 겨우 열 쪽 나갔어' 같은 전설적인 경험담이 만들어진 이유가 여기에 있습니다.

'강독' 형식의 세미나를 할 때는 '진도'에 대한 부담감을 조금 덜 갖는 대신 '계획'을 잘 세워야 합니다. 말씀드린 것처럼, 모두 모여 텍스트 본문을 읽고, 말하는 식으로 하기 때문에 '책 한 권을 다 읽겠다'고 계획을 세우면 세미나가 언제 끝날지 알 수 없게 됩니다. 물론 가능하다면 그렇게 하는 것이 좋기는 하겠지만, 끝까지 강도를 유지하는 건 정말 어려운 일입니다. 대개의 경우 잘 되면 10주차, 까딱하면 5~6주차에도 세미나의 동력이 떨어져 버립니다. 그러면 이탈자가 속출하게 되고, 나중에는 한두 사람만 세미나에 남게 되지요.

따라서 이 형식으로 세미나를 진행할 때에는 목표치를 조금 낮추고, 대신에 읽기로 한 부분은 충실히 읽자는 식으로 계획을 잡는 것이 좋습니다. 예를 들어 칸트의 『순수이성비판』을 읽기로 한다면 이번에는 '머리말'과 '서론'만 읽는 식입니다. 이 세미나가 잘 되면, 그 다음에는 잠깐의 휴식기를 가진 후에 '초월적 감성론' 읽기 세미나를 하고, 그것도 잘 되면 그 다음엔 '초월적 논리학' 읽기를 해가면 됩니다. 끝까지 잘 된다면, 그런 식으로 『순수이성비판』을 다 읽어 낼 수도 있습니다. 중간에 세미나가 깨지거나, 흐지부지해져도 괜찮습니다. 최소한 하는 동안만이라도 제대로, 집중해서 읽었다면, 그만큼 얻어 낸 것이 있을 테니까요. 잘만 하면, 혼자서 끝까지 읽어 갈 수 있는 능력을 얻게 되었을 수도 있습니다. 그러면 혼자 읽어 가면 됩니다. 살면서 『순수이성비판』을 한 번만 읽지는 않을 것 아닙니까? 다음에 또 기회를 만들어서 같은 세미나를 하면 됩니다. 아마 매번 읽을 때마다 '더 잘 읽는 사람'이 되어 갈 것이라 확신합니다.

그런데 이 방식으로 세미나를 할 때는 주의할 점이 있습니다. 무엇인가 하면 '약속'의 부담이 적다는 점입니다. '발제문'이 필요하지 않은 방식이기 때문입니다. 그러나, 그럼에도, 꼭 정해진 분량만큼은 미리 읽어 와야 합니다. 그러니까 세미나 시간에 할 말을 미리 생각하는 시간이 꼭 필요하다는 말이지요. 그래야 세미나 과정에서 할 말도 생기고, 세미나의 밀도도 더 높일 수 있습니다.

그리고 또 한 가지, '발제문'은 쓰지 않지만 이 방식에서도 필수적으로 요구되는 '글'이 있습니다. 다름 아니라 '정리문'입니다. 이 '글'은 오늘 세미나에서 나누었던 이야기와 논점들을 '정리'한 글로, 다음 세미나 모임에서 먼저 읽고 세미나를 시작합니다. 그러니까 지난 세미나와 오늘 세미나를 이어 주는 징검다리 같은 글인 셈입니다. 강독 방식에서 이 글이 꼭 필요한 이유는 텍스트를 읽고, 말하고, 읽고, 말하고 하는 순서로 세미나가 진행되기 때문에 자칫하면 논의가 난삽해지고, 팀 전체가 '맥락'을 잃어버릴 위험이 있어서입니다. 그렇게 되면 매번 세미나를 할 때마다 처음 세미나를 하는 것 같은 기분을 느끼게 될 수도 있습니다. '뭐 그러면 좋은 거 아니야?' 하실 수도 있겠지만, '맥락'을 놓치면 재미가 없어집니다. 재미가 없어지면 의미도 사라지고요. 나온 이야기들을 꼭 빽빽하게 다 정리할 필요는 없습니다. 그렇지만, 가장 활발하게 토론했던 부분, 모두가 중요한 부분이었다고 공감했던 부분은 꼭 '정리문'에 포함되어 있어야 합니다. 말하자면 세미나의 '이정표'와 같은 겁니다.

저 개인적으로는 '발제문'에 비해 '정리문' 쓰기가 좀 더 어렵다고 생각합니다. '토론했던 내용'이라는, 글을 쓰는 시점에서는 이미 사라져 버린 준거점이 있는 게 큰 제약으로 기능하기 때문입니다. 그럼에도 불구하고, 모든 글이 그렇듯이 딱히 잘 쓰게 되는 요령이 있지는 않습니다. 쓰면 쓸수록 실력이 늡니다.

___

가장 중요한 것—'열의'를 유지하는 것

세미나를 하는 이런저런 방식들이 있기는 하지만, 그런 형식들을 떠나 가장 중요한 건 결국 참가자 각자의 '열의'입니다. 주도적으로 세미나를 진행하는 사람이 있다면 이 점을 간과해서는 안 됩니다. 이게 떨어지면 세미나의 동력도 함께 떨어지고, 그 말인즉 '공부'도 잘 안 되고 있다는 이야기니까요. 그래서, 이 '열의'를 어떻게 유지시킬 수 있을지 고민해 보아야 합니다. 많은 세미나팀들이 '공부'에서 막히면 '뒤풀이'로 상황을 타개하려고 합니다. 그러다가 어느 순간엔 술 먹는 모임이 되어 버리기도 하고요. 그러한 타개법이 모든 경우에 잘못되었다고 할 수는 없겠지만, 과하면 세미나가 망하는 지름길이 됩니다. 원칙은 하나, '공부'가 막히면 '공부'로 해결해야 하고, '인간관계'가 막히면 '인간관계'를 풀 수 있는 방법으로 해결해야 한다는 겁니다. '공부'가 막힐 때 '인간관계'로 풀려고 하고, '인간관계'가 막힐 때 '공부'로 풀려고 하면 망합니다. 공부를 안 해서 망하거나, 서로 싸우고 망하는 것이지요. 어쨌거나 양쪽 모두 '공부'를 못하게 된다는 건 똑같습니다.

어쨌든 세미나팀의 모든 문제는 결국 '세미나팀'의 존재 근거, '공부'로 귀결됩니다. 공부든, 인간관계든 무엇이건 간에 막힐 때면 '공부'를 점검해 보시길 바랍니다. 세미나팀에서 읽는 텍스트를 여러 번 다시 읽어 봐도 좋고, 그 텍스트를 설명하는 다른 책 여러 권을 읽어 봐도 좋습니다. 다음 장부터는 세미나 팀원들 각자가 어떻게 그 '공부'를 다잡을 수 있는지 그 이야기를 해보도록 하겠습니다.

4장

어떤

세미나를 할 것인가?

— 세미나 '주제'에 대하여

공부할 것을 찾는 공부

막연하게 '인문학을 공부해야지' 하면 공부할 책이 단번에, 척 하고 떠오를까요? 아마 안 그럴 겁니다. '인문학'이라는 분야 자체가 대단히 포괄적이어서 그것만 가지고는 구체적인, 당장 공부할 주제를 떠올릴 수 없습니다. 더 놀라운 건 '인문학'의 정의와 그것이 포괄하는 분야가 어디까지인지 하는 것도 논쟁의 대상이 되곤 한다는 겁니다. 이를테면 사회과학은 '과학'이기 때문에 '인문학'의 범주에 넣지 않는 경우가 많습니다만, 베버나 짐멜의 사회학을 '인문학'의 범주에서 빼는 것 또한 이상한 일입니다. 말하자면 '인문학'의 범위를 확정하는 것 자체가 인문학적 과제이기도 합니다. 또한 그렇기 때문에 '인문학'의 범주는 생각보다 포괄적입니다. 예를 들어 물리학은 인문학의 한 분야라고 할 수는 없지만, '물리학의 역사'는 한없이 인문학에 가깝습니다. 그뿐이 아닙니다. '물리학적 사고'를 대상으로 사유한다고 하면 그 또한 '인문학'이 됩니다. '과학철학'이 그렇게 태어났지요.

그런 이유로, '인문학'을 공부해야겠다고 마음을 먹더라도 어디서부터 어떻게 해야 할지 막연할 수밖에 없습니다. 그럴 때는 '인문학 강의'들을 검색해 보고 마음에 드는 강의를 찾아서 수강하면 좋습니다. 사실 '인문학'은 어느 것에서 시작해서 어떤 순서로 공부해 가면 좋다는, 딱 정해진 공부 순서를 만들기가 어렵습니다. 이 책에서도 일관되게 이야기할 것이지만, 저는 직업적인 연구자가 되는 '공부'가 아니라면, 내 마음이 동해서 하려는 공부라면 그 어떤 것보다도 '좋아하는 것'을 찾는 게 가장 중요하다고 생각합니다. '좋아하는 것'을 다른 말로 하면 '나와 잘 맞는 것'입니다. 문제는 경험이 많지 않으면 좋아하는 게 무엇인지도 알기 어렵다는 점일 겁니다. 그래서 공부를 처음 시작하면 어느 정도는 견뎌 내야 합니다. 운이 좋아서, 처음부터 나와 잘 맞는 공부를 만나게 될 수도 있지만, 여러 강의를 듣고, 이런저런 책들을 읽어 본 후에야 만나게 될 수도 있습니다. 네, 정말이지 이와 같은 '공부'는 내가 찾아내서 하는 것이면서 동시에 운명처럼 '만나게 되는 것'입니다. 당연하게도 그건 누가 찾아 줄 수 없습니다. 스스로, 직접 찾아내야 하는 것이지요.

그래서, 공부할 것을 찾아내는 공부를 해야 합니다. 기존에 이미 만들어진 세미나팀에 들어가는 것이 아니라, 직접 세미나팀을 만들어서 공부를 해보고 싶다면, 그에 상응하는 공부를 해야 하는 것이지요. 그런 공부를 어떻게 하면 좋을까요?

흐름을 파악할 수 있는 책부터 시작하기

'흐름을 파악'한다고 할 때, 여기서 '흐름'이란 무엇일까요? 다름 아니라 '사상'의 흐름입니다. 가령 내가 서양철학을 공부해 보고 싶다고 한다면 '서양철학사'를 찾아보면 됩니다. 중국고전을 읽고 싶다고 한다면 마찬가지로 '중국철학사'를 보면 됩니다. 이런 책들은 대부분 어떤 사상가의 철학의 핵심을 추려서 짤막하게 소개합니다. 그래서 통독을 하고 나면 '사상'이 어떻게 흘러왔는지 대략적으로 파악할 수 있습니다. 물론, 이런 책들 자체에도 작용하는 '사상'이 있다는 점은 미리 염두에 두어야 합니다. 무슨 말인가 하면, '사상사'라고 해서 모든 사상을 균질적으로 요점정리하지는 않는다는 뜻입니다. 저자의 관점에 따라 어떤 것은 강조해서 자세히 서술하고, 어떤 것은 생략하거나 간략하게 정리하고 넘어간다는 이야기입니다. 그 점을 감안하고 읽으면 '철학사'의 저자가 어떤 '사상'을 가지고 역사를 정리해 가는지를 볼 수 있게 됩니다. 그런 이유로, 온라인 서점에서 '서양철학사'를 검색하면 그렇게 다종다양한 책들이 검색결과로 출력되는 것입니다. 이 책들의 목차와 책 소개를 꼼꼼하게 살펴보는 것도 도움이 됩니다. 그러면 대충이나마 눈에 익은 철학자들이 생기게 마련이지요. 괜히 이름이 마음에 들어서 관심이 가는 경우도 생길 겁니다. '좋아하는 것'을 찾는 일이 그런 겁니다.

그 중에서 마음에 드는 책을 한 권 골라서 구입해 읽어 보시면 됩니다. 제가 추천하는 책은 군나르 시르베크와 닐스 길리에의 『서양철학사』(윤형식 옮김, 이학사, 2016)입니다만, 어느 책이어도 괜찮습니다만, 기왕이면 원서를 기준으로 여러 차례 개정판이 나온 것, 다른 책들에 비해 좀 더 잘 알려진 것, 비교적 최근에 나온 것을 고르는 편이 유리합니다. 여러 차례 개정이 되었다는 건 외국 대학 등에서 교재로 사용되면서 검증된 저작일 가능성이 높다는 의미이고, 검색되는 서평이나 리뷰가 많다는 건 현재 시점에서 읽었거나 읽은 사람이 많다는 의미입니다. 비교적 최근에 나온 것이 기준이 되는 이유는 최근의 철학적 경향이 수록되어 있을 가능성이 높기 때문입니다. 이 정도 기준에 부합되는 '서양철학사'라면 크게 문제가 될 가능성은 없습니다.

이렇게 사 두고 한 번 읽고 나면 그것으로 끝이냐. 그렇지 않습니다. 이 책은 이제 '서양철학' 또는 사회학이나 정치학까지 포함한 '서양사상'을 공부해 나가는 동안 매우 유용하게 쓰이게 됩니다. 내가 참여하는 세미나팀에서, 내가 한 번도 만나 보지 못한 철학자의 저작을 읽기로 하였을 때, '서양철학사'의 해당 부분과 가능하다면 그 철학자의 앞, 뒤에 있는 철학자들까지 찾아서 읽어 보면 대단히 유용합니다. 무엇보다 '정리'를 한 번 한 상태로 공부할 수 있으니까요. 그렇게 맛을 한 번 보고 원전을 읽으면 좌충우돌하는 시간을 획기적으로 줄일 수 있습니다.

물론, 맹점도 있습니다. '서양철학사'에서 정리한 내용이 100%라고 생각해서는 안 됩니다. 그건 그저 전체적인 흐름 속에서 본 그 철학자의 사상을 정리한 내용일 뿐입니다. 장담하건대 서양철학사 속에서 정리된 철학자의 진면목은 그 '정리' 속에 있지 않습니다. 내가 직접 읽고 내 나름의 해석 속에서 읽어 갈 때, 그 진면목이 드러납니다. 극단적으로는 '서양철학사'에서 읽은 내용이 다 틀렸다고까지 나아갈 수도 있습니다. 사실 이런 게 공부의 묘미지요. 그렇지만 어쨌든, '흐름'을 파악하고 있는 건 중요합니다. 그걸 알아야 이 철학자가 '왜' 이런 이야기를 하고 있는지 알 수 있으니까요. 그걸 알려면 '앞, 뒤'를 함께 보아야 합니다.

흐름을 파악한 후에는 '원전'으로

여기서 제가 말씀드리는 '원전'은 그 텍스트가 태어난 원래의 언어로 쓰인 책을 말하는 것이 아닙니다. 물론 그 언어로 그 텍스트를 읽고 사유할 수 있다면 그게 가장 좋을 테지만, 대부분의 경우 그렇게 하는 건 불가능에 가깝습니다. 그 어려운 일을 해내는 사람들이 바로 그 텍스트의 전문 연구자 선생님들이고요. 여기서 제가 말씀드리는 '원전'은 그 '원서'를 우리말로 번역한, 그 철학자가 직접 쓴 1차 텍스트를 말합니다.

　'원전을 직접 읽는 건 너무 어렵기 때문에 해설서를 먼저 본다'는 경우를 자주 봅니다. 그리고 '해설서'가 '해설'하는 게 원전이니까 원전보다는 쉬울 것이라고 생각하는 게 상식에도 잘 부합합니다. 그런데 이런 상상을 해보면 어떨까요? 레오나르도 다빈치의 「모나리자」라는 그림이 있습니다. 그런데 나는 그 그림을 도판으로나마 본 적이 없습니다. 이런 상태에서 「모나리자」에 대한 해설을 누군가 해준다면 어떻겠습니까? 「모나리자」 그림을 직접 보고, 즉각 떠오르는 감정을 느끼는 것보다 어려울 겁니다. 그런데, 「모나리자」를 보고 떠오르는 감정을 느껴 보았으나, 그 감정이 어째서 그러했는지 설명할 수가 없는 상태에서 '해설'을 들으면 어떻겠습니까? 잘하면 해설과 내가 느낀 감정이 적절하게 어우러져 인생에 잊을 수 없는 체험 중의 하나로 기억될 수도 있습니다. 그렇게 어떤 작품에 대한 해설은 작품보다 뒤에 와야 진가를 발휘할 수 있는 법입니다. 다시 말하면, '원전'을 직접 읽는 것이 아무리 어렵다고 하더라도 일단, 그 어려움을 직접 겪어야 '해설'이 '어려운 것을 풀어 준다'는 본래의 의미에 맞게 기능할 수 있다는 말입니다.

'흐름을 파악할 수 있는 책'을 읽고 난 후에는 본격적으로 '원전'에 뛰어드는 것이 좋습니다. '원전'을 펼치면 단순히 '흐름'을 파악하던 때와는 다르게 텍스트의 세부적인 의미를 포착하는 것 자체가 어려울 수도 있습니다. 절망적인 기분마저 들기도 합니다. 그래도 매달리고 굴러 보아야 익숙해집니다. 충분히, 고생이 무르익었을 때 '해설'을 펼쳐 보면 해설서가 그렇게 쉬울 수가 없을 겁니다. 그렇게 해설서를 경유해서 다시 원전으로 돌아오면 그제서야 조금씩 원전이 건네는 말이 들려오기 시작할 겁니다.

'칸트 철학' 공부를 예를 들어 보자면 이렇습니다. 처음에 『순수이성비판』을 펼쳐 놓고 읽다 보면 '차례' 다음에 나오는 '베룰람의 베이컨', 왕의 국무대신에게 바치는 헌정사까지는 읽을 만합니다(아마 본문을 보면 쉽게 알아보실 겁니다). 그리고 바로 다음 페이지 '초판의 머리말'부터는 철학 텍스트에 익숙하지 않거나,

근대 철학에 대한 기초 지식이 없는 독자라면 첫 문장에서부터 막힐 가능성이 아주 높습니다. 그래서 대개의 경우 열 페이지쯤을 넘기지 못하고 읽기를 중단하게 됩니다.

그러니까 사실은 대학교 다닐 때 제가 그랬습니다. 막막했었지요. 그렇다면 도대체 '원전'들이 그렇게 어려운 이유는 무엇일까요? 많은 경우 '원전'들은 오랜 시간을 버텨 온 텍스트들입니다. 그 시간 동안 쌓인 것은 비단 '권위'만이 아니죠. 문장 하나하나에, 개념어의 심층에 다채로운 '의미'들이 쌓여 있습니다. 그걸 읽는다는 건, 글쓴이가 처음 쌓아 둔 것부터, 오랜 시간이 흐르는 동안 쌓이게 된 것까지, 켜켜이 쌓인 의미들을 내 머릿속에서 다시 풀어 보는 것입니다. 배경 지식이나 이후에 전개된 해당 텍스트에 대한 '해석의 전투'에 대한 지식이 없는 상태에서 '글자'를 읽는다고 이해에 이를 수는 없는 것입니다. 그런데, 그럼에도 불구하고, 어떻게든 '읽는' 것은 중요합니다. 그러니까 '원전'을 읽는 데 필요한 지식이 모자라다고 해서 곧장 원전을 건너뛰어서 해설서로 가면 안 된다는 말입니다. 해설서가 빛을 발하는 순간은 '원전'에서 갖은 고생을 하고 난 다음입니다. 아무것도 모르는 채로, 흰 것은 종이, 검은 것은 글씨 하며 원전을 읽으면, 마치 무의미한 짓을 하고 있는 것 같지만 그런 기분은 해설서를 펼쳐 읽기 시작하면 바로 사라지게 되어 있습니다. 그때의 감정은 '원전'을 건

너뛰고 바로 해설서를 읽으면 절대 느낄 수 없는 감정입니다. 무언가 꽉 막힌 것이 확 뚫리는 듯한 느낌이죠. 무의미하게 '읽기는 읽은' 것 같았던 원전의 구절들이 '해설'을 만나면서 '이해 가능한 것'으로 재구성되기 때문입니다. 나아가, 해설서를 조금 다른 시각에서 읽어 볼 수도 있습니다. 물론 어렵겠지만, '이건 내가 읽을 때 생각한 것과는 조금 다른 해설 같은데' 하는 식으로 의문을 품어 볼 수 있는 것이지요. 어쨌든, 요지는 이해가 되지 않아서 아무 의미가 없는 듯 보여도 '원전' 읽기를 먼저 하시라는 말씀입니다. 꼭 끝까지 읽지 않아도 됩니다. 정확히 어디까지라고 기준을 정할 수는 없지만, '이만하면 충분히 고생했다' 싶은 정도까지는 가야 합니다.

그리고, 그렇게 원전 읽기를 할 때는 될 수 있으면 세미나를 통해 읽는 편이 더 좋습니다. 뒤에서 다룰 '읽기'와 관련된 부분(이 책 5, 6, 7장)에서 더 자세하게 말씀드리겠지만, '원전'을 읽는 건 어렵습니다. 어려운 일을 할 수 있게 해주는 힘이 세미나에는 있습니다. 말 그대로 '어떻게든' 읽게 되니까요. 물론, 앞서 말씀드린 '서양철학사'도 세미나를 통해서 읽을 수 있습니다. 인문학 공부를 시작하는 사람들, 또는 서양철학 공부를 해왔지만 여전히 '흐름' 속에서 읽고 있지 못한 사람들이 모여서 함께 '서양철학사'를 공부할 수도 있는 것입니다. 할 수만 있다면, 그렇게 처음부터 모여서 함께 공부할 분야를 찾아보고, 지속적으로 공부해 나가는 것이 사실은 가장 좋습니다. 그야말로 '공부'를 통해서 만난 동지나 다름없으니까요. 함께 공부하고 배우는 사이이니 '동학'이라고 해도 되겠습니다.

여기까지는 사실상, '세미나 이야기'의 앞부분이었습니다. 다음 장부터는 본격적으로 '세미나'를 굴리는 엔진, 변속기, 바퀴에 해당하는 '읽기', '쓰기', '말하기'에 대해서 이야기해 보도록 하겠습니다.

【세미나 스토리 ②】 '공부'의 목적 없음에 대하여

'세미나 스토리'에서는 원래 '나의 세미나들'이라는 제목으로 지금까지 해온 세미나들을 간략하게 소개하는 이야기를 쓰려고 했습니다. 그래서 지금까지 해온 이런저런 세미나들을 떠올려 보기도 했고요. 그러다 보니 문득, 딱히 '공부'가 직업인 사람도 아닌데 어째서 그렇게 공부를 해왔던 걸까 하는 데까지 생각이 미쳤습니다. 그래서 어떻게 보면 '소개' 외에 딱히 큰 의미를 찾기 어려운 '나의 세미나'들보다는 그 문제에 관해 쓰는 편이 더 좋겠다 싶었습니다. 말하자면 이것은 '직업이 아닌 일'에 인생을 건 사람의 이야기이기도 합니다.

계기 — 운동권도 공부를 합니다

이미 눈치챈 분들도 계시겠지만, 저는 대학 시절의 대부분을 학생운동을 하는 데 썼습니다. 그리고 4학년이 되어서야 본격적으로 전공인 '철학'을 공부했고요. 그러면 학생운동을 하는 동안엔 아무 공부도 하지 않았느냐 하면 그건 또 아닙니다. '운동권'들도 당연히 공부를 합니다. 그것도 매우 열심히, 치열하게 합니다. 처음엔 사회적인 이슈들을 실마리 삼아 사회의 구조적인 모순을 보는 공부를 하고요, 그다음에는 그런 '구조들'이 어떻게 생겨났고, 어떤 메커니즘으로 움직이는지에 관한 이론들을 공부하기도 합니다. 그리고, 그런 모순들을 어떻게 '조직적인 운동'으로 만들어 낼 수 있을지에 대해서도 공부하지요. 이때 공부하는 내용들은 '사회과학'입니다.

이 '공부'의 목적은 비교적 뚜렷합니다. '운동'을 활성화시키고, 그것을 통해 궁극적으로는 사회의 구조적 변화를 목표로 하는 것이지요. 그래서 이 공부는 자칫하면, 단순히 '교리'를 익히는 수준에 머물게 되기 쉽습니다. 사실 '운동'을 잘하려면 그렇게 되는 편이 더 유리하기도 합니다. 근본적인 차원에서 이 이론이 옳은지 그른지 따지다 보면 정작 '운동'을 못하게 되기 때문입니다. 그러니까 이때는 '공부'가 중요한 게 아니라 구조적 모순 속에서 고통받는 사람들에 대한 '공감'과, 그 공감을 바탕으로 한 '실천'이 더욱 중요한 것이지요. 그렇기 때문에 '이론'이 이러저러하기 때문에 '실천'을 한다기보다는 '실천'을 하다 보니 '이론'이 필요해서 공부를 하는 식입니다. 제가 경험한 바로는 그랬습니다. 문제는 그게 저의 기질이랄지, 성향에 딱히 맞지 않았다는 데 있었습니다.

지금 와서 생각해 보면 저에게는 '실천'보다 오히려 부수적이라면 부수적일 수 있는 '이론 공부'가 잘 맞았던 모양입니다. 저는 운동권이기는 했지만, 교문 앞에서 인쇄된 선전물을 돌리거나, 거리에 나가 집회를 하거나 하는 것보다 학생회실 한 구석에서 밑줄 그어 가며 책을 읽거나, 세미나를 하거나, 세미나용 글을 쓰거나 하는 것들이 훨씬 더 재미있었거든요. 그러니까 '운동'보다 '공부'에 관심이 더 많았던 셈입니다. 그래서 마르크스를 읽고, 레닌을 읽고, '자, 이제 어떻게 운동할 것인가?' 같은 고민을 하기보다는 '마르크스나 레닌이 어째서 이런 생각을 하게 된 걸까? 거슬러 올라가다 보면 그들의 전범이 있지 않을까? 그 이론들의 골격이 된 변증법이 근본적인 차원에서 적합한 논리일까?' 같은 고민을 '즐겨' 했습니다. 중요한 의문들이기는 하지만 당장의 '운동'에는 딱히 도움이 되는 의문들이 아닙니다.

그 후로도 여러 사연들이 있기는 했지만, 제가 그때로부터 20년 가까이 지난 지금까지 '공부'하길 멈추질 못하게 된 가장 큰 계기 또는 시발점은 바로 거기에 있었습니다. 그 의문들을 붙잡고 이런저런 공부를 해오다 보니 처음의 그 문제의식은 이미 제 안에서 해소되었지만 다른 의문들이 자라나 그걸 해결하고, 또 해소하고, 다시 해결하고, 다른 의문이 생기고 하면서 여기까지 오게 된 것입니다.

그러니까 저에게 '공부'는 스무 살 이후로 늘 제 '인생'과 어떤 형태로든 엮여 있는 것이었습니다. 처음에는 '인생'이 제기하는 문제에 대한 답을 찾고 싶어서 공부를 했지만, 나중에는 그냥 '공부' 자체가 목적이 되었습니다. 모르긴 몰라도 저는 이게 '공부'의 속성이라고 생각합니다. 그것은 애초에 무언가를 하기 위한 '도구'이기보다는, 마치 '본성'처럼 그냥 계속할 수밖에 없는 그런 것이었던 셈이지요. 그래서 이걸 공부해서 무엇인가를 하려고 한다기보다는 그 자체가 재미있고, 즐거워서, 또는 하지 않으면 어색해서 그냥 계속하게 되는 것입니다.

'공부'의 목적은 '공부'

'운동권 공부'는 말씀드렸다시피 비교적 '목적'이 분명한 편입니다. 그런데, 사실 '공부'는, 그 중에서도 제가 좋아했던 공부(인문학 공부)는 본질적으로 '공부' 그 자체가 목적이 되는 공부입니다. 쉽게 말해서, 어디까지나 제 생각이기는 하지만, 전자가 '공부'를 통해 얻은 지식으로 운동(movement)해서 사회를 바꾸자는 식이라면, 후자는 '공부'를 해서 뭘 바꾸는 게 아니라 '공부하는 삶'이 '너의 세계를 바꾼다'는 식입니다. 제게는 뒤의 것이 더 잘 맞았던 모양입니다.

게다가 역사상의 이름난 혁명가들의 '삶'과 '혁명' 사이의 미묘한, 때로는 뚜렷한 간극을 제 마음이 잘 받아들이지 못했던 것 같기도 합니다. 조금 다른 이야기이지만 저는 '마음이 잘 받아들이지 못하는 것'이 피해서는 안 되는 '공부'의 주제라고 생각합니다. 그걸 파고들어야 내 삶에 무언가 남길 수 있다고 확신합니다. 어쩌면 이후의 제 공부는 그 '간극'을 좁히거나 메꾸기 위한 것이었을지도 모르겠습니다.

도대체 왜 아는 것과 하는 것 사이의 간격이 그렇게 큰 것일까 고민하다 보니, 이런 책도 읽고, 저런 책도 읽고 하게 되었습니다. 그러다가 보니 만나는 사람도, 함께 공부하는 사람들도 바뀌었습니다. 저는 그나마 다행스럽게도, 원래 전공이 '철학'이다 보니 그런 '간극'에 대한 고민을 고스란히 '전공 공부'로 옮겨 올 수 있었습니다. '학생운동을 그만두고 전공 공부에 몰두했다'는 단순한 말 속에선 그런 결이 모두 사라지지만, 어쨌든 제 사연은 그랬다는 이야깁니다.

그후로도 암울한 IT기업 말단 직장인 생활을 거쳐, 출판사

마케터, (사실상) 전업 육아대디까지 이런저런 직업을 거쳐 오고 있기는 하지만, 그럼에도 불구하고 제 진짜 일, 정체성은 '인문학 공부'에서 나온다고 저는 생각합니다. 이를테면 생활의 의무들을 마치고 나서 무엇을 할 것인가 하고 물으면 사 놓고 읽지 않은 책들을 읽는 것이고, 생활의 의무들이 조금 줄어서 아주 약간의 여유가 생겼을 때 무엇을 할 것이냐고 물어도 제가 할 일은 '공부'입니다. 저는 역설적이게도 몰두해서 그것을 할 때 가장 잘 쉬었다는 느낌이 듭니다.

사실 잘 읽히지 않는 어려운 책을 읽을 때면 괴롭습니다. 분명 한국어를 읽고 있는데 문장 속의 한 단어도 해석이 되지 않을 때가 정말 많기 때문입니다. 그런데 신기하게도 그 괴로운 일들이 쌓이다 보면 어느 순간 한 글자도 이해가 되지 않던 문장이 단박에 이해가 될 때가 있습니다. 그러면 그 문장과 연결된 어떤 '세계'가 눈앞에 그려지기도 합니다. 그리고 그 세계에선 내가 살면서 겪었던 괴로운 일들, 추한 경험들이 전혀 다른 의미로 해석되기도 하고요. 그런 경험을 하고 나면 그다음 날의 삶이 약간 달라진 걸 느낍니다. 이런저런 이유들을 모두 걷어내고, 공부를 지속하는 단 하나의 이유만을 남긴다면 바로 그 점 때문입니다. 공부를 하면, 공부를 해서 내가 뭘 이뤄야지 하는 내 '의도'와는 아무런 상관 없이 '인생'이 달라집니다. 저는 이게 인간이 가질 수 있는 가장 안정적인 행운이 아닐까 생각하기도 합니다.

물론 '공부'를 시작할 때는 어떤 의도를 가지고 할 수 있다고 생각합니다. 그런데 우리 인생이 대부분은 의도대로 풀리지 않는 것처럼 공부도 그렇습니다. 내 의도와는 다른 곳으로 계속 끌려 들어가게 됩니다. 끌려 들어가지 마시고, 제 발로 가 보시길 권합니다. '공부의 세계'에서는 어지간해서는 나쁜 일이 일어나지 않습니다. 최소한 실패해도 본전입니다.

5장

세미나와
'읽기' ①

— 가장 능동적인 책읽기

세미나가 시작되는 순간

실제 세미나를 하다 보면 생각보다 많은 분들이 잘못 알고 계시는 게 있습니다. 바로 세미나가 시작되는 순간이 언제인지 하는 것입니다. 언제일까요? 잘못 알고 계시는 분들은 '첫 모임'이 시작되는 순간으로 알고 계십니다. 그래서 '첫 모임'에 으레 나오는 말이 있죠. '오늘부터 본격적으로 하는 줄 몰랐어요' 같은 말입니다. 확실하게 알아 두시는 게 좋습니다. 세미나는 내가 세미나에 참여하기로 결정한 그 순간에 시작되는 겁니다. 크게 보아서 그렇다는 것이고요, 사실 내 몸이 반응하는 순간은 따로 있습니다. 세미나에서 읽기로 한 책을 펼쳐서 읽기 시작하는 순간입니다. 바로 그때 '진짜로' 세미나가 시작됩니다.

저는 바로 그 순간, 그러니까 세미나 때문에 주문한 책을 처음 펼쳐서 읽기 시작하는 순간을 정말 좋아합니다. 지금 마음속으로 떠올려 보니 상상만으로도 짜릿한 기분이 듭니다. 많이들 동감하시리라 생각합니다. 그 순간엔 그저 모든 게 가능성으로만 남아 있기 때문에 그럴 수 있는 겁니다. 읽히지 않는 책을 읽느라 얼마나 고생하게 될지, 발제문이나 후기를 쓰느라 또 얼마나 늦게 자게 될지… 함께 세미나를 하기로 한 사람들 중에 마음에 안 드는 사람도 아직 나타나기 전이니까요. 그리고 어떤 '기대'를 가지고 시작한 세미나이니만큼 여러 '가능성'들 중에서 내 마음에 드는 가능성들이 더 잘 실현될 것 같은 기분도 들지요. 물론 현실은 내 기대대로 흘러가지 않는 법입니다. 다들 아시잖아요? 어쩌면 '서문'의 첫 문장을 읽는 순간 기대가 와장창 깨질 수도 있습니다. 그뿐인가요. 그래도 '책'은 내가 덮어 버리면 말하길 멈추지만, 마음에 안 드는 세미나 팀원은 아무리 눈치를 줘도 입을 다물지 않습니다. 반대로 무슨 짓을 해도 입을 안 여는 경우도 있습니다. 생각해 보니 시작부터 너무 암울하게, 멀리 간 것 같습니다. 시작할 때는 안 좋은 일이 일어날 가능성이 있다는 것 정도만 염두에 둡시다.

어쨌든, '시작'은 텍스트를 읽기 시작하는 순간입니다. 말하자면 '독서'입니다. '독서'이기는 한데, 흔히 생각하는 '독서'하고는 조금 다릅니다. 여기서는 그 이야길 해보겠습니다.

'독서'의 즐거움

'독서'는 여전히 한국인이 사랑하는 취미입니다. 많은 경우 진짜 '취미'가 아니라는 게 문제이긴 하지만요. 그래도 여전히 '독서'는 (진짜) 취미계의 강자입니다. '책을 읽는 사람은 많지 않지만, 책을 많이 읽는 사람은 많다'라는 말이 있을 정도입니다. 그러니까 누구라도 주변에 한두 명쯤 '독서광'을 알고 있는 경우가 많습니다.

'독서'는 유용하다느니, 마음에 안식을 준다느니 하는 말들을 많이 하지만, 제가 생각하기엔 모든 걸 다 걷어 내고 보면 '독서'는 대단히 쾌락적인 행위입니다. 일단, 외부에서 '정보'가 내 눈을 통해 흘러 들어온다는 감각 자체가 큰 쾌감을 줍니다. 그리고 그렇게 흘러 들어온 정보는 머릿속에서 재해석되고 재편성되어서 내 기억 어딘가에 저장됩니다. 인간이라면, 거의 누구나, 특별한 몇몇 사람을 제외하고는 저장하길 좋아하는 법이잖아요. 그렇게 독서는 '정보'를 받아들이는 행위 이상의 것을 주기도 합니다. 사실 이게 '쾌락'의 핵심이죠. 글에는 글을 쓴 사람의 의식, 기억, 신체에 새겨진 감각 같은 것들이 고스란히 남아 있습니다. 물론 대단히 미묘하게 남아 있어서 읽는 이가 주의 깊게 보지 않으면 잘 보이지 않죠. 그런데 어쩌다가 나와 코드가 잘 맞는다 싶으면 특별히 주의를 기울이지 않아도 그런 미묘한 요소들이 종이에서 툭 튀어올라 나에게 와서 박힙니다. 가령 아래 문장이 저에게는 그랬습니다.

> "상상력이란 무한히 작은 것 속으로 파고들어 갈 줄 아는 능력이고, 모든 집약된 것 속으로도 새로운, 압축된 내용을 풍부하게 부여할 줄 아는 능력이다. 요컨대 상상력은 어떤 이미지든 접어 놓은 부채로 여길 줄 아는 능력, 그 부채가 펼쳐져야 비로소 숨을 쉬게 되고 또 새로이 펼쳐진 그 폭에서 사랑하는 사람들의 특성들을 내부에서 연출해 보이는 그러한 능력이다."

발터 벤야민, 『일방통행로』[발터벤야민 선집 1권], 최성만 외 옮김, 길, 2007, 116쪽

이 문장은 앞서 설명한 '읽는 맛'을 잘 보여 주는 문장이기도 하지만 '내용'도 '읽기의 쾌락'이 어디에서 유래하는 것인지 잘 설명해 줍니다. '읽기'란 글로 적혀 있는 것을 고스란히 내 머릿속으로 옮겨 오는 행위가 아니라 '접어 놓은 부채'를 펼치고 거기서 받아들인 것들을 '내부에서 연출해 보이는' 것입니다. 그러니까 '상상력'이 핵심인 것이지요. 세상 어떤 즐거움을 여기에 비할 수 있겠습니까. 인간이 진정 사회적 동물이라면, 그래서 마음이 통하는 누군가를 발견하는 일이 그의 본질에 적합한 것이라면, 이보

다 즐거운 일을 찾는 건 정말 어려울 겁니다. 이 정도면 제가 '즐거움'으로서의 '책읽기'를 얼마나 좋아하는지는 다 아셨으리라 생각합니다. 그런데, 그런데 말입니다, 그런 즐거운 책읽기와 '세미나-텍스트 읽기'는 조금 다른 면이 있습니다.

'세미나-텍스트 읽기'의 괴로운 것만은 아닌 즐거움

'괴로운 것만은 아닌'이라는 말은 참 애매합니다. 괴롭다는 건지, 안 괴롭다는 건지 단번에 이해하기가 어렵습니다. 거기에 '즐거움'이 붙으면 더 애매해집니다. '인문 고전'을 읽는 세미나를 한다고 하면 이런 식은 아니지만, 의미상 이것보다 더 애매한, 경우에 따라서는 미묘한(교묘하게 아름답다는 뜻이죠), 그러니까 무슨 말인지 하나도 이해가 안 가는데 어쩐지 아름답게 느껴지는 문장들을 잔뜩 만나실 수 있습니다. '괴로운 것만은 아닌 즐거움'이란 바로 그런 문장들을 읽을 때 느끼는 감정입니다. 인용을 하나 해보겠습니다. 제가 정말 좋아하는 문장인데, 조금 깁니다.

> "완성된 초상화는 모델의 생김새와 화가의 성격, 팔레트 위에 풀어 놓은 물감들로 설명된다. 그러나 그것을 설명하는 재

료들을 안다 해도, 아무도, 심지어 화가조차 그 초상화가 어떤 것이 될지를 정확하게 예측할 수 있었던 적은 없다. 왜냐하면 예측한다는 것은 초상화가 그려지기 이전에 그것을 그려 낸다는 것을 의미했을 것이기 때문이다. 이것은 자기파괴적인 불합리한 가설이다. 우리 삶의 순간들도 그러하다. 거기서 우리는 우리 삶의 제작자들이다. 우리 삶의 각 순간들은 일종의 창조이다. 그리고 화가의 재능이 그가 만든 작품의 영향으로 형성되거나 왜곡되고, 어쨌든 변형되는 것과 마찬가지로 우리의 각 상태들도 우리로부터 나오는 동시에 우리가 방금 형성한 인격을 변형시키기도 한다. 따라서 사람들이 우리가 무엇을 하는가는 우리가 무엇인가에 달렸다고 말하는 데는 일리가 있다. 그러나 여기에 덧붙여 우리는 어느 정도까지는 우리가 만드는 것이며, 우리는 끊임없이 우리 자신을 창조하고 있다고 말해야 한다."앙리 베르그손, 『창조적 진화』, 황수영 옮김, 아카넷, 2005, 28쪽

옮겨 놓고 보니 괜히 옮겨 적었다는 생각이 들 정도로 대단히 명쾌한 문장이군요. 그래도 일단 적어 놓은 게 아까우니 이 글로 설명을 해보겠습니다. 보통 책을 읽듯이, 그러니까 '독서'를 한다고 하면 어떻습니까? 저런 글이 나오면 '음 그렇지, 멋지네' 정도 하고 다음 부분으로 넘어갑니다. 그게 잘못되었다는 게 아니

라 그렇다는 겁니다. 그런데 만약 내일 '베르그손 세미나'에서 『창조적 진화』1장을 나간다고 한다면 저 글을 어떻게 읽어야 할까요? 저 글의 내용을 내 입으로 다시 설명할 수 있어야 합니다. 어느 팀원이 '전 이게 무슨 말인지 모르겠어요'라고 할 때, '아 이건요'라고 하면서 세부를 설명할 수 있어야 한다는 이야깁니다.

괴롭지요, 괴로운 일입니다. '와 베르그손 글 잘 쓰네' 하면서 넘어가도 되는 걸 굳이 따져 보아야 하니 말입니다. 이를테면 저 글은 대략 이렇게 요약할 수 있습니다. 어떤 초상화가 완성되기 전에는 그게 어떻게 그려질지 '정확하게' 예측할 수 없어요. '정확'한 건 그려 보기 전엔 알 수가 없으니까요. 그걸 알려면 그려 보아야 하는데, 그러면 이미 초상화를 그린 게 되죠. 그럼 또 예측을 해보고, 또 그려 본 게 되고, 또 예측을 하고, 또 그려 본 게 되고, 이런 식으로 순환에 빠지고 마니까요. 이걸 인간의 삶에 대입해 보면 어떨까요? 우리도 우리가 어떤 재료로 만들어졌는지, 어떤 문화적인 배경 속에 있는지 이미 알고 있습니다. 그런데 그렇다고 해서 우리가 어떤 인간인지 정확하게 예측할 수 있을까요? 그런 점에서 보자면 우리는 우리 각자의 삶을 만들어 가고 있는 겁니다. 그러니까 각자가 각자의 삶의 '창조자'인 셈이죠.

조금 쉬워졌나요? 괴롭습니다. 저 명쾌한 문장을 그것보다 더 쉽게 요약하는 일 자체가 쉽지 않은 일이니까요. 그런데, 그런 과정을 한 번 거치고 원래의 글을 다시 읽어 보면, 내용도 훨씬 만만해집니다. 그 말인즉 '여유'가 생긴다는 겁니다. 이 '여유'를 획득하고 나면 이 글이 어떤 맥락에서 나오고 있는지, 그 글을 나오게 한 맥락은 또 어떤 더 큰 맥락 속에 있는지, 이 사람이 이 말을 이런 식으로 하고 있는 이유는 무엇인지 같은 것들을 생각할 수 있게 됩니다. 이렇게 되면 눈앞의 '텍스트'는 단순한 한 권의 책이 아니라, 어떤 흐름 속에 있는 하나의 요소가 됩니다. 그 흐름의 가장 작은 단위는 하나의 개념일 테고, 가장 큰 단위는 사유의 역사가 될 겁니다. 그 흐름 속에 들어가 의식적인 해석 속에서 책을 읽는 사람은 이제 단순한 '읽는 이'의 자리에 머무르지 못하게 됩니다. 모종의 '참여'가 끼어들게 됩니다.

어떻습니까? 재미있는 책을 '읽는 것'이 주는 즐거움 이상의 것이 있는 것처럼 보이시는지요? 세미나를 한다는 건 그동안 읽어 왔던 '책'을 '텍스트'로 바꾸는 것이고, '독자'였던 자신을 '해석자'로 바꾸는 겁니다. 능동적 읽기인 셈이죠.

가장 능동적인 책읽기

'세미나'를 통해 텍스트로서 책을 읽는 행위는 어쩌면 가장 '능동적인 읽기'일지도 모릅니다. '세미나'는 독자를 어떤 책을 '읽기'에 머무르도록 그냥 두지 않기 때문이지요. 그것은 텍스트에 덧붙는 '글'을 원하고, 그 글과 텍스트 위를 가로지르는 '말'을 원합니다. 그리고 자신의 상공에서 말들이 충돌하고, 추락하고, 엉겨 붙어서 자기 위로 떨어지기를 원합니다.

'고전'이란 무엇입니까? 그것은 무엇보다도 '시간을 견디는 책'입니다. '시간을 견디는 것'은 또 무엇일까요? 태어난 모습 그대로 어느 상황에나 변함없이 들어맞는다는 뜻이 아닙니다. 매번 다시 태어나는 것에 가깝습니다. 가령 스피노자의 철학은 18세기 낭만주의자들에게 '신성한 자연'에 대한 영감을 불러일으켰고, 20세기 중반에는 '주체' 중심의 근대철학을 극복하는 토대를 제공해 주었으며, 오늘날에 와서는 뇌과학에마저 영향을 미치고 있습니다. 그때마다 스피노자의 책들이 다른 방식으로 읽혀 왔음은 말할 것도 없습니다.

가장 능동적인 방식으로 책을 읽는다는 건 그런 겁니다. 약간 판타지스러운 방식으로 이야기하자면, 세미나 테이블 위에서 고전에 생명을 불어넣는 행위인 것입니다. 물론 모이기 전에 자기 방 책상 위에서 각자의 몫으로 주어진 생명의 씨앗을 모아서 가야 하는 건 당연하고요.

6장

세미나와

'읽기' ②

— 인문 고전 읽기의 잔기술

'읽기'의 능동성

'잔기술'이라고 하면 어쩐지 '큰 기술'도 있을 것 같지 않습니까? 다른 분야라면 모르겠지만, 어떤 텍스트를 꼼꼼하게 읽는 데 있어서는 딱히 그런 게 있지 않습니다. 만약 있다면 그 '큰 기술'조차도 자잘한 기술들 여러 가지가 모여서 이루어진 것입니다. 그만큼 '읽기'는 작은 부분들을 그러모아 '전체'를 만드는 일입니다. '작은 부분'을 제대로 잡아내지 못한다면 결코 텍스트 전체를 온전한 모습으로 그려 낼 수 없습니다.

5장 마지막에 잠깐 언급하기는 했지만, 이쯤에서 '읽기'에 대한 오해 한 가지를 짚고 넘어가면 좋을 듯합니다. '읽기'란 얼핏 보기에 '수동적'인 일처럼 보입니다. 누군가가 골똘히 생각하며 적어 간 글을 (대개는) 순서에 따라 눈으로 읽고 머릿속에 저장하는 일 같으니까요. '컴퓨터' 사용이 워낙 익숙해진 다음부터 그런 이미지가 더 강해진 것 같기도 합니다. '입력'하고 '저장'하는 일이 일상이 되어 버렸으니까요.

그런데 '읽기'는 사실 그렇게 수동적인 일이 아닙니다. 인간이 자기 바깥에 있는 정보를 접하는 여러 가지 방법들(매체) 중에서 가장 능동적인 일이 '읽기'입니다. 무엇보다 '글'이라는 건 어떤 의미에서 보자면 가장 가공이 덜 된 콘텐츠이기도 합니다. 영화나 만화, 심지어는 많은 음악들마저도 글자와 기호들을 한 차례 시각화한 것들인 데 비해 '책'은 그 과정을 읽는 사람이 직접 해야 합니다. 그러니까 텍스트에 있는 내용과 내 머릿속에 있는 무언가가 합쳐져야만 비로소 '의미'를 얻을 수 있게 되는 것이지요. 그래서 글을 읽는 동안 읽는 사람은 끊임없이 자기 머릿속을 뒤적거려야 합니다. 잘 읽히지 않는 대목을 만나면 샅샅이 훑어야 합니다. 이것도 맞춰 보고 저것도 맞춰 보고 하면서 텍스트를 '의미화'해야 합니다.

도대체 이 일의 어디가 수동적입니까? 텍스트는 읽는 이의 능동성을 게걸스럽게 요구합니다. '아, 이거구나' 싶은 순간에도, '진짜? 더 생각해 봐'라고 속삭입니다. 만족할 줄을 모르죠. 이를테면 '몇 년 전에 읽었던 책'이 있다고 칩시다. 그걸 다시 집어들어서 읽기 시작합니다. 몇 년 전의 '나'와 지금의 '나'는 같은 사람일까요? 네, 물론 같은 사람이죠. 그런데 그 사이 축적된 경험, 잊어버린 기억, 바뀐 직장, 생활 습관, 그 사이 태어난 자식까지 따져 보면 달라진 것도 꽤 많을 겁니다. 읽는 내가 달라지면 그만큼 텍스트가 달라집니다. 심하면 '내가 이걸 진짜 읽었던 건가?' 하는 기분마저 들 때도 있습니다.

'읽기'가 막힐 때

'읽기'가 그만큼 '능동적'인 행위라는 걸 인지하고 나면 어떤 책이 잘 읽히지 않는 이유를 추론해 낼 수 있습니다. 번역이나, 서술상의 문제가 없다는 가정하에 내가 원래 가지고 있던 것이 적거나 다르면, 그래서 내 생각과 느낌이 텍스트에 잘 달라붙지 않으면 방황이 시작됩니다. 그러면 어떻게 해야 합니까?

그냥 덮어 놓고 안 읽으면 그만일까요? 아니죠, 그래서는 안 됩니다. 그냥 시간을 좀 때워 보려고 읽는 것이라면 모르겠지만, '공부'가 결부된 읽기라면 방황이 시작되는 것 같은 그 순간이 정말로, 백 번 강조해도 모자랄 만큼 중요한 순간입니다. 왜냐하면 '방황'이 시작된 그 순간에 읽은 텍스트의 그 부분이 내 앎이 끝나는 지점이고, 내 상상력이 막히는 지점이기 때문입니다. '공부'를 왜 하는 걸까요. 여러 가지 이유들이 있겠지만, 좁게 보면 '앎'을 확장하고, '상상력'을 끌어올리기 위해서입니다. 그 두 가지가 더는 작동하지 않는 것 같은 느낌이 들 때는 좌절해야 하는 게 아니라 환호해야 합니다. 하려고 했던 '공부'가 비로소 시작되는 지점이니까요. 얼마나 기쁜 일입니까!

자, 정리하자면 이렇습니다. 텍스트를 읽는다는 건 작은 부분들을 그러모아 전체를 만드는 일임과 동시에 내가 가지고 있는 작은 '앎'들을 텍스트의 내용과 합치고 뭉쳐서 전에 알지 못했던 새로운 앎으로 바꿔 내는 일입니다. 원활한 읽기는 이 과정들이 막힘없이 잘 되는 것이지요. 그런데 늘 문제가 되는 건 원활하게 되지 않을 때입니다. '읽기'가 막혀 버리면 '쓰기'가 막히고, 당연히 '말'도 막힙니다. '세미나'는 결국 읽기, 쓰기, 말하기로 굴러갑니다. '읽기'에서부터 막혀 버리면 세미나 모임에 가서 남의 이야기만 듣다가 돌아오게 됩니다. 그런 일이 몇 차례 반복되면 세미나 모임 날마다 아프고, 무슨 일이 생기고, 다른 약속을 잡고 그럽니다. 마음이 떠나는 것이지요.

다음의 '잔기술'들은 잘만 하면 막힌 읽기를 뚫을 수 있는 방법들입니다. 잘 뚫리지 않는다고 하더라도 최소한 떠나는 마음을 붙잡을 수는 있다고 확신합니다.

잔기술 1 — 여러 번 소리 내어 읽기

소리 내어 읽기의 효과는 주로 '외국어' 학습을 할 때 자주 거론됩니다. 익숙하지 않은 언어를 입으로 말하고, 그걸 다시 귀로 들어서 적응도를 높이는 방법이지요. '인문 고전' 텍스트를 읽을 때는 어떨까요? 마찬가지입니다. 사실 이쪽은 '한국어'로 되어 있지만, 차라리 외국어였으면 좋겠다 싶을 때도 많습니다. 특히나 '철학' 개념어의 경우에는 일상어와 용법과 의미가 다른 경우가 많아서 자주 보고 써 왔던 한국어 단어임에도 낯선 기분을 느낄 때가 많습니다.

> 그렇게 되면 **몰락**하고 있는 자는 그 자신이 저편으로 건너가고 있는 자임을 깨닫고 자신을 축복할 것이다. 그리고 그의 깨달음의 태양은 중천에 떠 있을 것이다.프리드리히 니체, 『차라투스트라는 이렇게 말했다』, 정동호 옮김, 책세상, 2000, 131쪽(강조는 인용자)

이런 경우입니다. 강조 표시한 '몰락'이 일상에서 어떤 의미로 사용되나요? 사전을 찾아보니 '쇠하여 보잘것없이 되는 것'이라는 뜻입니다. 대충 '그 회사가 완전히 몰락해 버렸대' 같은 식으로, 대단히 부정적인 의미로 쓰입니다. 그런데 『차라투스트라는 이렇게 말했다』에서는 전혀 다른 의미로 사용됩니다. 간단하게 설명하면 '몰락'하는 건 어떤 의미에서는 '능력'이 필요한 일이고 오로지 '몰락'할 수 있는 자만이 '인간'을 넘어서 '위버멘쉬'에 이를 수 있다고 합니다. 일상적 용법대로 '쫄딱 망하는 것'으로만 생각한다면 헤매기 딱 좋습니다.

물론 '소리 내어 읽기'를 한다고 해서 그런 미묘한 용법상의 차이들을 찾아내며 읽을 수 있게 되는 것은 아닙니다. 그러나 한 가지 확실한 건 그냥 눈으로 쫓아가며 읽을 때보다는 찾아낼 수 있는 확률이 비약적으로 상승합니다. 왜냐하면 일상어와 다른 의미로 사용되고 있는 개념들은 '말'로 바꿔서 하다 보면 입에서 조금씩 걸리는 느낌이 있기 때문입니다. 이 분야를 전문적으로 읽고 성과를 내야 하는 연구자라면 당연히 '감'에 의존해서는 안 되겠지만, 우리는 좀 더 '감'을 중요하게 생각해도 됩니다. 우리가 '아마추어'로서 하는 공부란 대개 인생의 사건들을 살펴보는 '감각'을 예리하게 만들고, 삶에 대한 '감각'을 바꾸는 데 목적이 있기 때문입니다. 입으로 소리 내어서 텍스트를 읽고 그 중에 내가 평소에 쓰는 느낌과 다른 말을 찾아내는 일은 그 목표들과 관련해서 매우 중요한 훈련이 됩니다. 사실상 어떻게 회고하고 말하느냐에 따라서 다르게 해석되는 우리의 삶에 다른 감각을 끌어들이기 때문입니다.

그 외에 정말로 큰 장점도 한 가지 있습니다. 눈과 더불어 입을 함께 쓰기 때문에 텍스트와 상관없는 다른 생각을 하기가 어렵다는 점입니다. 스스로에게 멀티태스킹을 강제함으로써 역설적으로 '집중'하게 되는 겁니다. 어쩌면 이 기술의 가장 큰 장점이 이것일지도 모릅니다.

어떤 텍스트를 읽는데 눈으로는 글자를 쫓고 있지만 도무지 몸 안으로 들어오는 것 같은 기분이 들지 않는다, 내 눈이 자꾸 스마트폰으로 가려고 한다, 그러면 바로 '소리 내어 읽기'를 해보세요. 책을 들고 일어서서 하면 효과가 더 좋습니다. 그러고는 묘하게 어색한 느낌이 드는 부분을 체크해 두고 여러 번 다시 읽어 보시면 좋습니다. 혼자서 읽는 동안엔 끝까지 이해할 수 없을지도 모르지만, 여러 사람과 토론을 하는 사이에 불현듯 이해에 이를 수도 있습니다. 그 문장이 뇌리에 오래 남아 있을수록 '불현듯' 이해에 이르는 빈도도 높아진다는 건 말할 것도 없습니다.

잔기술 2 — 마음에 드는 문장 찾아내기

어쩐지 '공부' 앞에서는 많은 사람들이 이상하게도 '금욕주의자'

가 되곤 합니다. 그건 우리가 오랫동안 '하기 싫은 걸 억지로 하는' 공부를 해왔기 때문입니다. 내 인생 그 자체를 묻는 공부가 아니라, 늘 무언가를 '위해서' 하는 공부를 한 겁니다. 그렇게 한 공부는 내 인생에 많은 영향을 주기는 하지만 '나'라는 인간이나 삶 그 자체에는 그다지 큰 작용을 하지 못합니다. 이를테면 '대학'엘 가기 '위해서' 했던 공부의 대부분은 대학에 가는 순간부터 시작해서 중년에 이르는 동안 대부분 날아가 버리고 맙니다. 내용상 똑같은 지식이어도 내가 내 삶으로 지속적으로 불러들이는 것들이 아닌 지식들, 그러니까 무언가를 '위해서' 공부한 지식들은 목적이 달성되는 순간 생명력을 급속도로 잃고 맙니다.

가령 우리 사회에도 '혁명'이 필요하다고 생각해서 '프랑스혁명사'를 공부한 사람의 지식과 성적을 잘 받기 위해서 공부한 사람의 지식은 내면에 자리 잡은 깊이와 면적이 비교도 되지 않습니다. 맞는 비유일지는 모르겠지만 전자가 '사랑'이라면 후자는 '사랑을 연기'한 겁니다. '사랑'이 영원할 수야 당연히 없겠지만은, 어쨌든 연기로 한 사랑보다야 오래갑니다. 뭐, 그렇다고요.

자, 그럼 진짜 좋아해서 '공부'를 할 때는 어떻게 해야 할까요? 마음에 드는 구석을 찾아내야 합니다. '인문 고전'은 대부분 얼핏 보면 매력적입니다. 진짜? 네, 진짭니다. 책장 어느 구석에 오랫동안 굳건히 자리를 잡고 앉아 있는 두꺼운 책들을 꽂혀 있는 그대로 한번 살펴보세요. 그 책을 서점에서 골라 구입할 때는 분명 '매력'을 느꼈을 겁니다. 그런데, 읽다 보니 매력적인데, 진짜 매력적인데 다가가기가 힘들었던 거죠. 그럴 땐 역시 '공통점'을 찾아야 합니다. '공통점'을 나와 비슷한 점이라고 생각하기가 쉬운데, 조금 넓게 보면 '내가 좋아할 수 있는 점'이기도 합니다. 나에게도 무언가 그와 비슷한 게 있으니 그 사람(그 책)의 그 부분을 좋아하는 겁니다. 자세히 파고들면 이것도 할 이야기가 많지만, 어쨌든 이쯤 하고 넘어가겠습니다.

그러니까 그 책에서 내가 좋아할 수 있는 부분을 열심히 찾아보자는 이야깁니다. 열 가지가 이해가 안 되더라도 딱 한 가지 가슴에 와서 팍 꽂히는 말 한마디를 찾아낼 수 있다면 그 '읽기'는 성공한 읽기가 될 수 있습니다. 앞에서 말씀드렸지요? '세미나'란 읽기, 쓰기, 말하기로 굴러가는 것이라고요. 좋아하는 것 한 가지만 있어도 그것에 관해 쓸 말, 할 말이 생기는 법입니다. 그리고 저는 그게 '좋아하기'의 출발점이라고 생각합니다. 그걸 찾아내고 나면 그것으로부터 다른 부분들로 나아가면 됩니다. '텍스트'란 이름 그대로 씨줄과 날줄이 엮여져 있기 때문에 하나를 알면 그 옆으로, 위로, 아래로 이해의 범위를 넓혀 갈 수 있습니다. '어려워서' 읽기에 실패할 때는 정말로 이해가 되는 것이 하나도 없어서라기보다는 '좋아하는 것' 한 가지를 찾지 못해서 그렇게 되었을 가능성이 아주 높습니다. 부디 필사적으로 '좋아하는 것'을 찾아내 보시기 바랍니다. 책장에 계속 꽂아 두기만 하면 좀 아깝잖아요.

―――

잔기술 3―따라서 써 보기

소리 내어 읽다가 마음에 쏙 드는 부분을 발견하셨으면 어째야겠습니까? 당연히 그 부분을 손으로 옮겨 써 봐야 합니다. 컴퓨터에 옮겨서 치는 것도 좋습니다. 그런 글들을 모아 두면 나중에 글을 쓸 때 정말로 유용합니다. 자신이 쓸 글의 '주제'를 잡는 데에도 유용하고, 쓴 글에 맞춤하게 끼워 넣을 인용문을 찾는 데에도 유용합니다. 그렇지만 사실 그런 유용성은 나중 문제입니다. 마음에 쏙 드는 부분을 옮겨 적는 것 말고, 여기서 말씀드리고 싶은 것은 도대체 무슨 말인지 이해가 안 가는 문장을 옮겨 적는 것입니다. 한 가지 예를 들어 드리겠습니다.

현재는 반복을 일으키는 어떤 것에 해당한다. 과거는 반복 자체에 해당한다. 그리고 미래는 반복되는 것에 해당한다.질 들뢰

즈, 『차이와 반복』, 김상환 옮김, 민음사, 2004, 216쪽

무슨 말인지 아시겠습니까? 사실 저도 잘 모르겠습니다. 옮겨 적어야 할 문장은 이런 문장들입니다. 어쩐지 이 텍스트에서 말하고자 하는 핵심이 응축되어 있는 것 같은데 막상 내가 내 입으로 설명을 하려고 하면 입이 떨어지지 않는 그런 부분들 말입니다. 그런 문장들은 구조적으로 강력한 긴장이 걸려 있기 때문에 조금만 주의 깊게 보면 골라낼 수 있습니다. 사실 그렇게까지 핵심적이고 중요하지 않은 문장이어도 딱히 큰 상관이 있는 건 아닙니다. 중요한 건 그 문장을 옮겨 적으면서 내 몸과 마음에 강력한 자극을 주는 것이니까요.

거기에 재미를 더해서 문장 속의 어휘들을 바꾸는 '놀이'를 해 봐도 좋습니다. 이를테면 앞의 인용문을 '현재는 체험을 일으키는 어떤 것에 해당한다. 과거는 체험 자체에 해당한다. 그리고 미래는 체험되는 것에 해당한다', 뭐 이런 식으로요. 이렇게 '반복'이라는 단어와의 연관 속에서 떠오르는 다른 단어들을 대입시켜 가다 보면 '반복'이 의미하는 것이 어렴풋하게나마 잡힐 수도 있습니다. 사실 그건 '운'이 좋을 때의 이야기고요, 대개는 말장난을 하다가 끝나기도 합니다. 그런데, 그런데 말입니다. '말장난'이 그렇게 중요할 수도 있습니다. 어떤 텍스트를 이해한다는 건 그 텍스트의 개념들을 이해한다는 말이고, 그 개념들을 이해한다는 건 그 개념의 사용 방법을 익힌다는 말이기 때문입니다. '말장난'

은 그 말이 가진 깊이와 한계를 시험하는 데 더없이 좋은 방법이기도 합니다.

다들 아시는 것처럼 눈으로 본 건 금방 까먹고, 눈으로 보고 입으로 외운 건 그보다 좀 더 오래갑니다. 눈으로 보고, 입으로 외고, 손으로 쓴 건 그보다도 더 오래갑니다. 게다가 그걸 여기(노트 또는 컴퓨터)에 써 놨다는 걸 알고, 심지어 그렇게 적어 두고 다시 읽는 게 하나의 '루틴'(routine)으로 되어 있다면 더욱 오래갈 수도 있습니다. 만약 한번 시작한 공부를 멈추지 않는다면 거기에 적어 놓은 것들은 평생 함께 가는 '말'이 될 수도 있습니다. 저는 그런 '말'들이 많은 사람일수록 자기 삶을 더 잘 해석해 낼 수 있다고 생각합니다. 아니, 표현이 좀 약하네요. 그럴 수 있다고 확신합니다.

주의 사항

이 모든 일들을 일주일 간격으로 하는 세미나에서 한 주일 만에 다 하려고 해서는 안 됩니다. 그렇게 할 수가 없으니까요. 하나씩, 하나씩 잔기술 그 자체를 몸에 익히는 시간을 가져야 합니다. 그게 반복되다 보면 어느 순간 기술이 고도화되는 시점이 있을 겁니다. 그럴 때에는 자동으로 다 하게 됩니다. 또는 어느 부분에서는 소리 내어 읽어 보고, 어느 부분은 옮겨 써 보고, 어느 때엔 다 모르겠어서 '마음에 드는 부분 찾기'에 돌입하고, 각 기술을 적절하게 구사할 수 있게 됩니다. 그쯤 되면 아무리 어렵고 고난이도의 텍스트가 눈앞에 오더라도 못 읽을 것 같다는 느낌이 들지 않습니다. 어떻게든 그 책에서 적절한 '말할 거리'를 찾아낼 수 있게 됩니다. 네, 그러니까 세미나 과정 속에 있는 '읽기'는 사실 '말하기', '쓰기'의 전(前) 단계입니다. 좀 더 과감하게, '읽기'의 능동성을 강조해서 말해 보자면 '혼자서 말해 보기'라고도 할 수 있습니다. 아직 듣는 사람이 없습니다. 마음껏 떠들어 보시길 권합니다.

7장

세미나와

'읽기' ③

— 인문 고전 읽기의 약간 큰 기술

원활한 읽기를 더 원활하게

바로 앞 장에서 '큰 기술' 같은 거 없다고 해놓고 곧바로 '큰 기술' 이야기를 하다니, '너 뭐야?' 하실지도 모르겠습니다. 그런데 앞에서 없다고 한 '큰 기술'과 여기에서 쓰고자 하는 '큰 기술'은 다른 '큰 기술'입니다. 그러니까 앞서서 '없다'고 했던 것은 잘 읽히지 않는 텍스트를 한 방에 이해할 수 있도록 해주는 요령 같은 것입니다. 지금 이야기하고자 하는 것은 오히려 세미나에서 다루기로 한 텍스트를 읽는데 그게 생각보다 잘 읽힐 때 해보면 더 좋은 것들입니다. 그러니까 어떤 의미에서 보자면 말 그대로 '크기'가 큰 기술이기도 합니다.

말씀드린 것처럼 사람들은 다들 저마다 다른 내력들을 가지고 있습니다. 더 잘 알고 있는 것도 다르고 사물이나 사태를 해석

하는 관점도 다릅니다. 물론 유형별로 사람들을 분류할 수야 있겠지만 말입니다. 저는 사실 그 '유형'이라는 것도 조금만 더 깊이 파고 들어가서 보면 그다지 확신할 수 없다고 생각합니다. 오히려 '유형'에 대한 믿음 덕에 개별 사태의 특이성을 놓치는 경우도 자주 생깁니다. 주로 연애를 할 때 그렇습니다. '아, 얘는 이런 애구나' 하고서는 그 유형의 사람들을 대하듯 대했는데 알고 봤더니 어떤 부분에서는 내가 생각한 그 유형과는 완전히 다른 성격을 가지고 있는 걸 발견하게 되는 것이죠. 당연히 상대방은 자신의 특이성을 존중해 줄 것을 요구합니다. 그 시점까지도 제대로 못 알아듣는다면 결과는 아시다시피 매우 참혹합니다. 연애란 그 어떤 관계보다도 상대방이 가진 독특한 성격에 집중해야 하는 관계입니다. 그리고 나아가 그런 독특한 부분을 수용해 내는 역량이 결정적인 역할을 하는 관계이고요.

'인문 고전 읽기'도 사실 마찬가지입니다. 그것은 내가 마주하고 있는 이 텍스트가 가진 '특이성'을 이해하는 일입니다. 그리고 그 과정 속에서 독특함과 차이를 수용하는 능력을 확대하는 일이기도 합니다.

여기서 말씀드리고 싶은 것은, 어떤 텍스트를 읽을 때, '단순한 읽기'를 살짝 넘어서 텍스트를 조금 더 깊게 읽어 갈 수 있는 기술들입니다. '읽기'에 관해서 하고 싶은 말은 앞에서 이미 다 했으니까요, 여기서는 바로 '기술' 들어갑니다!

큰 기술 1—목차 외우기

'인문 고전'이라 불리는 책들 중에서, 특히 철학 텍스트들을 읽을 때 도움이 되는, 아니 어쩌면 거의 '필수'에 가까운 일입니다. 다들 '목차'가 얼마나 중요한지는 이미 알고 계시리라 생각합니다. 철학책에서는 '목차'가 정말로 중요합니다. 왜냐하면 '목차'는 말 그대로 어떤 철학자가 사유를 어떻게 전개해 가는지를 간결하게 보여 주기 때문입니다. 예를 들어 칸트의 『순수이성비판』의 '목차'는 사실상 텍스트 전체의 '요약'과 다름없을 정도로 본문의 내용을 짜임새 있게 보여 줍니다.* '목차'를 외우고 있으면 책을 읽

---

* 간략하게 'B판(제2판) 서론'의 목차 일부만 살펴보겠습니다.
  [B판] 서론
  Ⅰ. 순수한 인식과 경험적 인식의 구별에 대하여
  Ⅱ. 우리는 모종의 선험적 인식들을 소유하고 있으며, 평범한 지성조차도 결코 그런 인식이 없지 않다
  Ⅲ. 철학은 모든 선험적 인식의 가능성과 원리들과 범위를 규정해 주는 학문을 필요로 한다
Ⅰ번 항목부터 차례로 읽어 보면, 이 글의 주제가 '인식'과 관련되어 있는 걸 알 수 있습니다. 그리고 그 중에서도 '인식 능력'에 관한 것입니다.(Ⅲ번) '인식 능력'을 철저하게 검

어 가는 동안에 내가 어디쯤 와 있는지, 다음에 따라올 내용은 어떻게 되는지 짐작할 수 있습니다. 그걸 알고 있는 것과 모르고 있는 것은 천지 차이입니다. 왜냐하면 '목차' 속에서 글을 읽어 나간다는 건 미리 어떤 '구조'를 세워 놓고 그 구조의 내용을 채워 가는 것이기 때문입니다. 당연히 다 읽고 난 후에 머릿속에 남아 있는 내용의 양도 더 많을 수밖에 없습니다.

가장 좋은 것은 책을 읽기 전에 미리 '목차'를 보고 빠짐없이 완벽하게 외운 후에 본문으로 들어가는 것이겠지만, 그럴 수 있겠습니까? 그렇게 하는 사람이 실존할지 어떨지도 저는 잘 모르겠습니다. 그렇지만, 아마 이 정도는 다들 하실 수 있을 겁니다. 첫째, 본문을 본격적으로 읽기 전에 '목차'만 따로 한 번 베껴 써보는 겁니다. 그리고 본문을 읽을 때, 책 옆에 베껴 쓴 목차를 함께 놓고 보는 것입니다. 부, 장, 절을 넘어갈 때마다 참고하면 좋겠지요. 두번째는 마찬가지로 본문을 읽을 때마다 '목차'만 한두 차례 통독해 보는 것입니다. 그렇게 두 가지를 하다 보면 나중에

토해서 학문을 튼튼한 토대 위에 세우고자 하는 것이지요.(III번) 이렇게 텍스트를 읽기 전후로 '목차'를 꼼꼼하게 읽어 보면 '논리'의 전개 과정을 보다 높은 시점(overview)에서 살펴볼 수 있습니다. 특히 『순수이성비판』의 경우에는 '서론'부터 마지막까지 '목차'에 모든 내용이 요약되어 있다고 해도 과언이 아닙니다.

는 책 표지만 봐도 그 책의 전체 구조가 그려지게 됩니다. 그리고 그 '전체적인 구조' 속에서 내가 읽고 있는 '부분'을 포착할 수 있게 됩니다. 또 '목차'만 놓고 봐도 그 부분을 통독한 듯한 느낌을 받기도 합니다. 어떤 '텍스트'에 '익숙'해진다는 게 바로 이런 것이고요.

이렇게 '목차'와 함께 읽어 가는 것이 '습관'이 되고 나면 '인문 고전'을 읽을 때뿐 아니라 다른 모든 종류의 책을 읽을 때에도 도움이 됩니다. 이 기술은 다른 말로 '구조적 읽기의 기술'이기 때문입니다. 텍스트는 얼핏 보기에는 순서대로 배열된 글자가 시작부터 끝까지 이어져 있는 직선적(linear)인 매체인 것 같지만, 사실은 글쓴이가 자신의 생각으로 쌓아 올린 '구조물' 같은 것입니다. 그렇기 때문에 그것을 읽을 때에는 가능한 한 '직선적'으로 배열된 것을 재구조화하는 작업을 해야 합니다. 물론 그렇게 재구조화하는 중에 글쓴이가 원래 의도한 것과는 다른 '생각'이 출현하기도 합니다. 역사상의 많은 철학자들도 자신의 고유한 사유를 그런 식으로 구축해 왔습니다. 결국 우리는 언제나 거인의 어깨 위에서 출발하는 셈입니다. 문제는 그 어깨 위에 어떻게 오르느냐는 데 있는 것이고요. '목차'와 친해지면 조금이나마 더 수월하게 오를 수 있습니다.

큰 기술 2 — 여러 판본을 동시에 읽어 가기

외국어를 잘한다면 그 텍스트가 쓰여진 원래의 언어 그대로 읽는 것이 가장 좋다는 것은 자명한 사실입니다. 칸트·헤겔·니체·하이데거는 독어로, 베르그손·푸코·들뢰즈는 불어로, 스피노자와 데카르트는 라틴어로, 플라톤·아리스토텔레스는 고대 그리스어로. 그렇게 읽을 수만 있다면 세상에 부러울 게 하나도 없겠습니다. 그런데 그러기가 쉽지가 않습니다. 아니, 무척, 대단히, 정말로 어렵습니다(사실 저 언어들 중에 하나만 제대로 알아도 좋겠습니다). 그런데 다행스럽게도 외국어를 전혀 못하더라도 그런 책들을 읽을 수 있습니다. '인문 고전'들을 번역해 주시는 전문 연구자 선생님들이 계시기 때문입니다. 특히 저는 기존에 이미 출간된 번역본이 있음에도 새로운 번역 판본이 나올 때면, 애써 주신 역자들께 큰 고마움을 느끼곤 합니다. 덕분에 '새롭게' 공부해 볼 수 있는 기회가 생겼기 때문입니다. 그렇습니다. 이 '기술'은 이미 읽은 책을 다시 읽거나, 동시에 여러 번 읽는 기술에 관한 것입니다.

저는 어떤 세미나를 하기로 하면, 그 세미나에서 읽기로 한 책의 여러 판본을 한꺼번에 놓고 읽어 갑니다(물론 여러 판본이 존재하는 경우에만 가능한 방법입니다). 이를테면 니체의 『차라투스트라는 이렇게 말했다』의 경우엔 '전집판'을 제외하고도 여러 종의 판본이 있습니다. 워낙 유명하기도 하고, 해석의 여지가 많은 문장들로 구성된 책이기 때문에 그럴 수밖에 없지요. 이 경우 '전집판'과 함께 추가로 한두 종의 판본을 더 두고 읽어 가는 것입니다. 그러면 역자마다 조금씩 해석의 결이 다른 걸 느낄 수 있는데, 그 차이들에 주목하며 읽어 가다 보면 텍스트의 어느 부분에 긴장이 걸리고 있는지, 이론의 여지 없이 거의 동일한 의미로 해석될 수 있는 부분은 어디인지 등을 찾아낼 수 있지요. 물론, 같은 책을 여러 번 읽게 되는 효과는 덤입니다!

장점은 그뿐이 아닙니다. 각 판본의 '역주'를 유심히 살펴보면, 전문적인 연구자들이 어떠한 번역상, 철학담론상의 '논점'을 가지고 있는지도 파악할 수 있습니다. 앞서 예를 들었던『순수이성비판』같은 경우도 두 가지 번역본(최재희 역 박영사 판, 백종현 역 아카넷 판)이 있습니다. 이 경우엔 번역된 개념어들 간의 차이들이 있기 때문에 두 가지 판본을 모두 참고하며 읽으면 대단히 혼란스럽기는 하지만 역설적으로 어떤 개념이 어떻게 문제가 되는지 알기에는 더없이 좋은 예제가 됩니다. ('칸트 번역어 문제'로 검색해 보아도 이 문제에 대한 여러 기사와 논문들을 살펴볼 수 있습니다. 그에 관해 자세히 설명하는 건 '전문적인 연구'의 영역이기 때문에 여기서는 간략히 그런 일이 있다는 것만 소개하고 넘어갑니다.)

거기서 한발 더 나아가면 각종 논문 검색·판매 사이트에서 해당 연구자의 논문을 구해서 읽어 볼 수도 있고요. 그러면 자연스럽게 해당 철학자와 그의 저작에 대한 학계의 최신 담론까지 접할 수 있게 됩니다. 그러면 어떤 일이 벌어질까요? '논문'을 읽는 중에 '원전'을 읽으면서 가졌던 의문이 해소되는 일이 간혹 생깁니다. 그뿐인가요? 세미나 팀원들과 함께 '특강'을 기획하고 진행할 수 있는 계기가 되기도 합니다. 앎이 확장되는 것 이상으로 세미나팀의 '활동'도 확장되는 셈입니다.

큰 기술 3 — 평소에 '책' 읽어 두기

이건 '세미나'에서 다루는 텍스트와 크게 관련이 없는 것일지도 모르겠지만, 그래도 알아 두고 해두면 정말 좋은 것이기 때문에 꼭 말씀드리고 싶었습니다. 사실 '인문-고전' 텍스트들은 그 자체만으로도 '읽기'가 가능한 것들이 대부분입니다. 어떤 경우엔 '관련 서적'을 읽는 게 독(毒)이 되는 경우도 있습니다. '원전'에서 방황해 보기도 전에 잘 정리된 '해설서'를 읽어 버리면 오히려 '원전'이 가지고 있는 잠재성이 싹둑 잘려 나가 버리기도 하기 때문입니다. 예를 들어 가사가 없는 어떤 음악이 있다고 합시다. 그런데 누군가가 그 음악에 대해서 '나는 그걸 들으면 콤비네이션 피자가 생각나'라고 하는 말을 듣고 나면 어떻습니까? (말하는 사람에 대해 어떻게 생각하느냐에 따라 다르기는 하겠지만) 까딱하면 그 음악을 들을 때마다 '콤비네이션 피자'가 생각나게 됩니다. '해설서'가 독이 되는 경우가 이것과 비슷합니다. 조금 심하게 말하면 '원전'을 내 힘으로 읽어 내는 경험을 할 수 없게 될 수도 있습니다. 그런데, '해설서를 읽으면 내 생각이 제한될 수 있다'는 걸 염두에 두고 읽는다면 그것도 그렇게까지 나쁘지는 않다고 생각합니다. '염두'에 두고 있기 때문에 역설적으로 해설서와는 다른 형태로 내 생각을 만들어 갈 수도 있는 것이니까요. 말하자면, 하기 나름입니다.

여기서 말씀드리고 싶은 바는 '해설서'에 관한 이야기는 아닙니다. 차라리 그보다는 좀 더 거리가 있는 종류의 책에 관한 이야깁니다. 콕 집어서 말씀드리자면, '역사'와 관련된 책들입니다. 물론 '역사책' 자체가 '인문 고전'인 경우도 물론 있지만, 여기서 말하는 '역사책'은 그보다는 좀 더, 어떤 의미에서는 가벼운 책을 두고 하는 말입니다. 예를 들어 평소에 재미 삼아 17, 18세기 유럽의 역사에 대한 책들을 읽어 두면, '근대철학' 세미나를 할 때 알게 모르게 도움이 많이 된다는 뜻입니다. 그뿐이 아닙니다. 어떤 의미에서는 '소설'도 그런 식으로 도움이 될 때가 많습니다. 저는 요즘 '포스트 휴먼' 담론과 관련해서 텍스트 목록을 만들어 놓고 하나씩 읽어 가고 있는데요, 이때 그동안 읽어 두었던 SF소설들이 큰 도움이 된다고 느꼈던 적이 꽤 많습니다. SF소설에서 '인간 너머의 인간'을 주제로 하는 경우는 아예 하나의 세부 '장르'로 묶어도 될 만큼 흔하기 때문입니다. 그리고 그런 주제나 설정을 가진 작품들의 상당수는 '포스트 휴먼'의 가능성에 대해 매우 구체적으로 상상력의 실험을 전개합니다. 해당 주제를 다루는 철학 담론을 볼 때 도움이 되는 것은 당연합니다.

그러면 당연히 다음과 같은 의문이 떠오를 수 있습니다. '아니 내가 무슨 세미나를 하게 될 줄 알고 책을 고르느냐?' 같은 의문입니다. 그래서 딱히 방법이 없습니다. 세미나를 하지 않는 동안에 이런저런 책들을 읽어 가시면 됩니다. 그렇게 읽은 것들이 어느 정도 위력을 발휘하기까지 시간이 좀 걸릴 수는 있겠지만, 책읽기는 사실 그 자체로 재미있는 일 아니겠습니까? 그러니까 재미 삼아, 어느 철학자의 평전을 읽어 보셔도 좋고, 과학사·사회사 등을 읽어 보셔도 좋습니다. 왜 역사책들을 예로 드느냐 싶으시겠지만, 경험적으로 봤을 때 세미나 텍스트를 읽을 때 즉각, 거의 직접적으로 도움이 되는 책들 중에는 역사책들이 많습니다. 누구든 간에 사람이란 대개 그 시대의 자식이기 때문입니다. 더불어서 이런 책들은 '훈련하듯', '공부하듯' 한 글자 한 글자, 의미와 개념이 가진 영향력의 범위를 따져가면서 읽지 않아도 됩니다. 이쪽은 말 그대로 '취미'에 가까운 영역이니 평소 독서하는 습관처럼 읽어 가면 됩니다. (다만, 주의해야 할 것은 세미나를 통해 철학책을 읽을 때 '역사적 결정론'에 빠지면 안 된다는 점입니다. 이를테면 '그때 역사가 이러이러해서 이런 생각을 한 거야' 같은 식으로 정리해 버리면 안 된다는 겁니다.)

그렇게 평소에 '인문 고전'과 직간접적인 관계를 맺고 있는 다종다양한 책을 '취미'로 읽어 가다 보면 문득 세미나 주제로 삼고 싶은 분야가 생기기도 합니다. 예를 들어 출퇴근이 괴로워서 『출퇴근의 역사』(이언 게이틀리, 박중서 옮김, 책세상, 2016) 같은 책을 읽다가 '산업혁명'으로 관심이 이동했다가 '마르크스 저작 읽기' 모임을 만들 수도 있는 것입니다. 그렇게, 공부의 세계는 어떤 형태로든 연결되어 있습니다. 당연히 '읽어 둔 것'이 많으면 그만큼 더 가볍게 나아갈 수 있습니다.

'읽기'는 공부의 베이스캠프

'공부하는 삶'에 관해서 생각해 봅니다. '공부'를 직업으로 하는 전문 연구자가 아니라도 '공부하는 삶'은 가능합니다. 오히려 저는 아마추어여서 좋은 점이 더 많다고 생각합니다. 무엇보다 자유롭게 공부해 갈 수 있습니다. 전공이 없기 때문이지요. 물론, 이것은 어떤 점에서는 양날의 검이기도 합니다. '공부'를 직업으로 삼는 사람이라면 어떻게든 해내야만 하는 '훈련'을 받지 않아도 되기 때문입니다. 그래서 역설적으로 아마추어의 공부는 고도의 자율성을 요구하기도 합니다. '공부'를 통해서 내 삶에 유의미한 영향을 주고 싶다고 한다면 스스로를, 어떤 형태로든 훈련시켜야 하는 것입니다. 그 바탕에 '읽기'가 있습니다. 물론 '글쓰기'도 정말 중요하기는 합니다만, 공부와 관련해서라면 순서상 '읽기'가 먼저입니다.

우리가 현재 알고 있는 그 어떤 지식도 자기 혼자만의 힘으로 만들어 낸 건 없습니다. 기존에 있던 지식들을 연결하거나 분해 조립하면서 재구성해 낸 것들이지요. 그렇게 스스로 재구축한 지식들이야말로 자기 인생에 유의미한 영향을 줄 수 있습니다. 세미나가 유의미한 건 그 과정을 어떤 네트워크 속에서 해나갈 수 있기 때문입니다. 그래도 어쨌든 '나의 지식'을 만들려면 원재료가 필요합니다. '기존의 지식들'이지요. 그걸 얻기 위해서는 읽고, 또 읽는 수밖에는 없습니다. 혼자 읽고, 함께 읽고 어쨌든 읽어야만 합니다. 괴로울 것 같지만, 그렇지 않습니다. '방황'마저 반가운 읽기가 거기에 있습니다. '인문 고전 읽기'에 말입니다.

이제 '읽기'는 어느 정도 이야기가 되었습니다. 여기까지만 해도 꼭 닫혀 있던 '인문 고전'이라는 상자가 이미 열린 것이나 다름없습니다. 그럼 이제 상자 속의 물건을 꺼내 봐야 합니다. 어떻게 할 수 있을까요? 쓰기와 말하기를 해야 합니다. 그럼 이제 '쓰기' 이야기를 해보겠습니다.

【세미나 스토리 ③】로그아웃이 안 되는 접속—그 해 여름의 '『존재와 시간』서론 읽기' 세미나

좋아하지는 않지만, 각별한 철학자

세상엔 어려운 책들이 정말 많습니다. 첫 페이지를 펼치는 순간부터 저자의 저술 의도가 '독자의 좌절'에 있는 게 아닌가 의심스러운 책들이 정말 많지요. 그 중에서도 제가 첫손에 꼽는 책은 하이데거의 『존재와 시간』입니다. 정말 무슨 말인지, 그 말을 통해 무얼 말하려고 하는 것인지 알 수 없는 책이었습니다. 게다가 하이데거는 나치와의 관련성이라든가, 사유가 지향하는 복고적인 성격 같은 것들 때문에 조금 꺼려지는 마음이 있기도 했고요. 그런데, 그럼에도 불구하고 하이데거는 철학을 공부한다고 하면, 영영 피해 갈 수만은 없는, 20세기 철학을 공부하는 데 있어서 무조건 읽어 봐야만 하는 정도의 철학자입니다. 그리고 한때는 동아시아에서 '독일 철학'이라고 하면 (칸트, 헤겔도 있기는 하지만) 일단은 가장 먼저 떠오르는 사람이 하이데거였던 적도 있을 만큼 철학사에서 대단한 영향력을 가진 철학자입니다. 어떤 의미에서 보자면 철학에서의 '현대'를 연 사람이기도 합니다.

그런 각별한 역사적 평가만큼이나 그는 저에게도 각별한 의미를 가진 철학자입니다. 솔직히 말하자면 저는 하이데거를 그렇게까지 좋아하지는 않습니다. 이건 제게 있어서 꽤 드문 경우입니다. 저는 워낙에 무슨 책을 읽고 나면, 특히 그것이 철학책이라면 온 마음 가득 팬심이 차오르는 사람입니다. 들뢰즈를 읽으면 '와 진짜 무슨 말인지 하나도 모르겠다' 하는 것과 동시에 '근데 진짜 멋져', 베르그손을 읽으면 '진짜 어쩌면 이렇게 명료하게 글을 쓸 수 있지!' 하는 것과 동시에 '스승님', 스피노자를 읽으면 '왜 하필 기하학적인 방법에 따라 서술하신 거지, 어렵게' 하는 것과 동시에 '드디어 내가 인생의 지표로 삼을 만한 철학을 만났다!' 하는 그런 사람이지요. (실제로도 저는 로큰롤을 좋아하기는 하지만) 그들은 제게 그야말로 '록스타' 같은 사람들이었어요. 그럼에도 불구하고 하이데거를 딱히 좋아하기가 어려웠습니다. 지금도 마찬가지고요. 이건 무엇보다 감성(요즘 말로 '갬성')과 관련된 문제입니다. 그가 주장하는 바가 진정 무엇이었는지는 제 능력으로 요약할 수도 온전히 파악해 낼 수도 없지만, '대지', '고향 상실', '존재의 목소리에 귀를 기울이는' 같은 형태의 개념이나 서술 방식이 영 마음에 들어오지 않았습니다. 이를테면 제가 기본적으로 '기술'이나 '기술적 대상', 또 '첨단과학' 등에 우호적이어서 그와 같이 자연 회복적이고, 어떤 의미에서는 복고적인 사유 모델을 받아들이지 못했는지도 모르겠습니다.

그런데 그럼에도 불구하고 저는 '책'에서 만나는 '철학자'로서 하이데거를 대단한 사람이라고 생각합니다. 그의 글을 처음 읽었을 때, 제가 받았던 느낌은 '철학이 사람으로 변신한다면 이렇겠다'였습니다. 그만큼 그의 글은 '철학', 그 자체에 가까운 느낌을 줍니다. 정말로 모호한 표현이기는 하지만, 달리 설명할 방법이 없습니다. 일상어의 어원으로 거슬러 올라가 거기에 숨겨지고 드러난 의미들을 추적하면서 사유해 가는 방식은, 사유한다는 행위의 '모델' 같다는 생각이 들기도 합니다.

읽는 방법을 배운 세미나

어떻게 책을 읽으시나요? 보통 책을 읽는다고 하면 앞에서부터 뒤로 읽어 가는 것이 기본입니다. 여기엔 첫 문장이 있고, 첫 단어가 있고, 마지막 문장, 마지막 단어가 있습니다. 말하자면, 앞에서부터 순서대로 끝까지 '내용'을 파악하면서 읽는 것, 이게 보통의 독서입니다. 그런데 이러한 모델을 가지고 철학책을 읽어 간다면, 읽기에 실패하게 될 가능성이 매우 높아집니다. 이를테면 소설은 많은 경우 그렇게 읽어도 아무 상관이 없습니다. 작가가 처음부터 끝까지 짜 놓은 내러티브를 따라가면 그만이니까요.

그런데 철학책에서는 사정이 달라집니다. 예를 들어 어떤 절 다음에 나오는 절이 '구조'의 측면에서 보았을 때에도 앞의 절의 뒤를 따르는 것이 아닐 수도 있기 때문입니다. 맨 앞 절에서 '총론'을 펼치고, 그에 따른 각론으로 그 뒤의 세 절이 동일한 위상을 가지고 있을 수도 있기 때문입니다. 그리고 철학책은 바로 그러한 '구조'를 파악하는 것이 정말 중요합니다. 부, 장, 절의 관계도 그렇지만, 한 페이지 안에 있는 개념과 그 개념을 지시하는 대명사, 그 대명사가 포함된 문장을 지시하는 대명사 등도 그렇게 일정한 구조적인 관계 속에 있는 경우가 많습니다.

이런 책을 보통 소설이나 에세이를 읽듯이 눈으로만 쫓으며 읽다가는 "이제 존재자는 **그것**으로 가는 접근양식에 따라서 각기 상이한 방식에서 자신을 **그것** 자체에서부터 내보여 줄 수 있다"하이데거, 『존재와 시간』, 이기상 옮김, 까치, 1998, 49쪽와 같은 문장을 만나게 되면 곧바로 길을 잃게 됩니다. 철학책을 읽을 때는 책에서 만나는 모든 '그것', '그', '이', '이것', '그러한 것들'과 같은 말들이 지시하고 있는 게 정확히 무엇인지 계속 뒤로 돌아가면서 앞으로 나가야 합니다.

저는 그렇게 책을 읽는 방법을 대학교 4학년 여름 방학에서야 제대로 배울 수 있었습니다. 학생 몇몇과 공부하길 좋아하시는 교수님까지 네다섯 명 정도가 모여서 수업과는 별개로 세미나를 했던 것입니다. 그 당시 저희 과의 분위기가 조금 특이한 구석이 있기는 했습니다. 공부에 딱히 관심이 없으면 말 그대로 대학생활의 낭만이라는 낭만은 모조리 섭렵하거나, 아니면 아예 학교엘 나오지 않거나 하는 식이었지요. 반대로 그 여름의 하이데거 세미나 팀처럼 수업이나 성적과 상관없이 공부를 하고 싶은 학생들은 그렇게 방학이나, 학기 중에라도 모여서 평소에 읽고 싶었지만 수업에서는 잘 다루지 않는 텍스트들을 읽곤 했습니다. 아마도 '철학과'여서 가능했던 일이 아닌가 하는 생각도 듭니다.

방학이 대략 두 달 보름 정도였으니 10회 정도 세미나를 했던 것으로 기억합니다. 열 번 모여서 딱 「서론」 13쪽부터 64쪽까지 50여 페이지를 읽었던 것입니다. 1회에 5페이지 정도를 읽어 간 셈이지요. 한 번 만나면 정해 놓은 세미나 시간만 대략 세 시간, 세미나가 끝나고 나서 뒤풀이에 가서도 하이데거 이야기를 주로 했으니 시간으로 치자면 최소 네다섯 시간 동안 하이데거 『존재와 시간』 서론 중 5페이지 부분에 관한 이야기를 나누었던 셈입니다.

그냥 눈으로 읽기만 한다면 다섯 쪽쯤 10분이면 읽을 수 있습니다. 조금 빨리 읽으려고 마음먹는다면 그보다 더 빨리 읽을 수도 있지요. 그런데 그게 정말 '읽었다'고 할 수 있는 걸까요? '진정으로 읽었다고 할 수 없다'는 대답을 기대하셨을지도 모르겠지만, 저는 그것도 읽은 것이라고 생각하기는 합니다. 말하자면 '통독'을 한 셈이지요. 그리고 그렇게 읽는 것도 사실은 정말 중요합니다. 그렇게 읽으며 다져 놓은 토대 아래로 깊이 파고들어 가는 게 가능한 것이니까요. 혹시 나중에 '강독' 형태의 세미나를 하게 된다면 실제 세미나를 하기 전에 최소한 한 번은 그렇게 읽고 가셔야 합니다. 특히 '강독 세미나'는 세미나 모임에서 텍스트를 실제로 읽어 가며 하기 때문에, '미리 읽기'에 대한 부담이 적게 느껴집니다. 그런데 그건 그냥 '느낌'일 뿐이고요. '강독'이든 '발제'든 텍스트는 무조건 '미리' 읽고 가야 합니다.

어쨌든, 그렇게 '읽기'에는 여러 층위가 있습니다. 눈으로 훑으며 읽는 것, 혼자서 이런저런 생각을 하고, 메모를 해가며 읽는 것, 여럿이 모여 각 구절을 하나씩 뜯어보면서 단어와 단어, 문장과 문장, 문단과 문단을 연결하며 읽는 것, 그리고 거기에서 자신이 이해한 내용을 입으로 말하고, 남의 이해를 내 이해에 섞어 가며 읽는 것, 그리고 집에 돌아와 다시 한번 눈으로 훑으며 읽는 것까지. 그걸 생각해 보면 우리가 지금껏 배운 일반적인 '읽기'는 그저 '책'을 '정보의 집적물'로 보는 형태의 읽기에 머물러 있습니다. 그렇게만 읽으면, 그렇게 읽을 수 없는 책을 만났을 때 필연적으로 좌절하게 됩니다. '책'은 단지 정보의 집적물에 머물지 않기 때문입니다. 훨씬 다층적이지요. 심지어 읽은 책에는 전혀 없는 내용인데도 '읽기'라는 경험 속에서 불현듯 솟아나는 지식도 있습니다. 굳이 '독서'에서 '창의성'을 찾으려 한다면 이런 게 아마 그에 가장 가깝지 않을까 싶습니다.

좋아하게 될 것 같지는 않지만 다시 읽고 싶은 철학자

저는 여전히 그때 그 여름 방학 세미나에서 체험한 것을 도구삼아 철학책들을 읽습니다. 정리하면 대명사 찾기, 내 언어로 문단 요약하기, '기억해 둘 것' 정하기, 다른 사유의 흔적 찾아서 메모해 두기 등입니다. 이렇게 공부를 해가다 보면, 어딘가에서 매번 다시 나타나는 철학자들을 만나게 됩니다. 들뢰즈의 책을 읽다가 저편에서 산책 중인 하이데거를 만나기도 하고, 아리스토렐레스를 읽다가 저편에서 '실천이성'에 대해 조용히 강의를 하고 있는 칸트를 만나기도 하고요. 그러니까 어떤 사유는 그 사유를 해낸 철학자가 매일 같은 시간에 산책만 하면서 뚝딱 만들어 낸 것이 전혀 아닙니다. '철학' 나아가 '인문학'이란 어떤 의미에서는 무수한 데이터들이 서로 중첩되고, 연결되고, '복붙' 되면서 구축된 거대한 네트워크 같은 것입니다. 그리고 그것은 누구에게나 열려 있는 동시에 굉장히 폐쇄적인 네트워크이기도 합니다. 거기에 접속하는 데 필요한 역량이 필요하기 때문입니다. 그리고 이 네트워크는 한 번 제대로 접속하고 나면 로그아웃이 안 됩니다. 우리의 삶이 이미 인문학적이기 때문입니다.

이제 와서 생각해 보니 저는 그해 여름 방학의 '하이데거 『존재와 시간』 서론 읽기' 세미나에서 그 네트워크에 접속하지 않았나 생각합니다. 앞에서부터 여러 차례 이야기했지만, '인문학' 공부를 하면 정말로 인생이 약간 바뀝니다. 저는 그 변화가 좋은 것이라고 생각하기는 하지만, 사람에 따라 다를 수도 있겠지요. 어쨌든, 그런 변화를 바라시는 분들이라면, 꼭 한번 접속해 보시라고 권합니다. 언젠가 다시 한번 '하이데거 『존재와 시간』 서론 읽기' 세미나를 하게 된다면, 거기에서 우리가 만날 수도 있습니다.

8장

세미나와

'쓰기' ①

— '발제'를 어떻게 할 것인가?

무조건 지켜야 하는 약속

가장 일반적인 세미나는, 일정 분량을 미리 정해서 읽고, 발제자 한 사람이 발제문을 써 와서 토론을 진행하는 형태의 세미나입니다. 이런 형식은 읽을 분량을 미리 정해 놓기 때문에 '계획'을 세우기가 좋고, 일단은 각자 읽는 것이기 때문에 한 권을 속도감 있게 읽어 나갈 수 있습니다. 그리고, 어쨌든 최소한 한 번은 글을 쓰게 되기 때문에 적게나마 글쓰기 훈련을 해볼 수도 있습니다.

물론 단점도 있습니다. 혹시라도 정해진 분량을 읽지 않고 참가하는 구성원이 두 명 이상이 된다면 세미나가 급격하게 늘어지게 됩니다. 게다가 약속을 안 지킨 구성원이 해맑기라도 하면 사태가 더 심각해집니다. 토론의 전제가 되는 부분을 해맑게 계속 물어보게 되면 세미나의 논의가 더 진척이 되지 않기 때문입니다. 쉽게 말해 모두의 발목을 잡게 되는 것이지요.

그런데, 이보다도 심각한 문제가 발생할 수도 있습니다. '발제'를 맡은 사람이 '발제문'을 안 써 오는 사태가 발생하는 경우입니다. 이럴 땐 도대체 어떻게 해야 할까요? 일단, 그런 일은 일어나서는 안 되는 일입니다. 비난받아 마땅하죠. 발제문을 써 오기로 하고선 써 오지 않는 것은 그 세미나를 위해 최선을 다해 텍스트를 읽어 온 다른 세미나 팀원들의 노력을 모욕하는 일입니다. 그러면 안 됩니다!(조금 흥분했군요.)

네, 그런 일은 절대 일어나선 안 됨에도 불구하고 간혹 일어나는 일입니다. 그냥 정말로 세미나를 '사교 모임' 정도로 생각해서, 굳이 애쓰고 싶지 않아서 '안' 써 오는 경우는 간단합니다. 그 사람을 최대한 설득해 보고 안 되겠다 싶으면 '세미나'에서 내보내면 됩니다. 내보내기로 결정이 되었으면 되도록 가차없이 내보내는 게 좋습니다. 차라리 그런 경우가 낫습니다. '세미나'에 애정을 가지고 있으며, 갖은 노력을 기울이고, 밤에 잠도 못 자며 고민하다가 못 써 오는 경우, 바로 그 경우가 더 문제입니다. '노력'하고 있으니 내보내는 건 어쩐지 가혹한 것 같고, 그렇다고 계속 함께하자니 절대 저질러서는 안 되는 일을 이미 저질러 버렸고…. 어떻게 해야 할까요? 싱겁지만, 이 역시도 상황과 조건에 따라 판단할 수밖에 없습니다. 그 사람이 발제를 맡은 주에 세미나 리더

나 다른 사람이 그 사람을 도울 수도 있고, 그 사람 스스로 무슨 말인지 모를 발제문이라도 써 올 수 있게 될 수도 있고요. 그럼에도 불구하고 원칙은 분명합니다. '발제문'은 쓰기로 했으면 무조건, 꼭, 절대 써 와야 한다는 것입니다.

———

'발제'란 무엇인가?

'세미나'를 하기로 한 사람들이라면 당연히 '발제'가 뭘 하는 것인지 알고 있을 겁니다, 라고 생각해서는 안 됩니다. 생각해 봅시다. 세미나 리더가, "자 그럼, 발제는 누구, 누구, 누구 이 순서로 하면 되겠죠? 일단 다음 주는 제가 하는 것으로 하고, 그다음 주는 누구님이 하시죠"라고 이야기하고 구성원들이 모두 동의를 합니다. 이렇게 되면 모두가 '발제'가 무엇인지 알고 있다는 사실이 '전제'가 되고 맙니다. 그게 뭘 어떻게 하는 건지 모르는 사람이라면 쉽게 물어보기도 어렵죠. "발제가 뭔가요?"라고 물었을 때 사람들이 '뭐? 아니 발제가 뭔지 몰라? 그것도 모르고 세미나를 한다는 거였어?' 막 이럴 것 같은 기분을 느끼지 않을까요? 모두 알고 있을 것 같지만 다섯 명이 하는 세미나에서 두 명, 아니 세 명 정도가 '발제'가 뭘 하는 것인지 모르는 상태에서 체면 때문에 고개만

끄덕인다고 생각해 봅시다. 그 세미나는 망하는 겁니다.

더 심각한 경우도 있습니다. '발제'가 무엇이고 어떻게 하는 것인지 본인은 안다고 생각하는데 사실은 모르는 경우입니다. 이 경우엔 '발제문'이 아니라 '요약문'을 써 올 가능성이 매우 높습니다. '발제'는 '요약'이 아닙니다. 이 경우 세미나가 망하지는 않지만 굳이 '세미나'를 하는 이유를 잃게 됩니다. '세미나'는 왜 하는 것일까요? 읽기로 한 '인문 고전' 텍스트의 '내용'을 요점정리해서 머릿속에 입력하려고 하는 것일까요? 아닙니다. '인문 고전' 텍스트의 요점 같은 것은 세미나가 끝나고 난 후에 다 잊어버려도 상관없습니다. 정말로 중요한 것은 '질문'을 만들고 그에 답하는 역량을 기르는 것입니다. 이 능력은 한번 생기고 나면 세미나가 끝나도 쉽게 사라지지 않습니다. 말하자면 읽기 힘들고 어려운 텍스트를 어떻게든 읽어 내서 그로부터 '질문'을 만드는 체험을 하려고 세미나를 하는 것입니다.

이와 같은 관점에서 보자면 '발제'를 하는 이유는 분명합니다. '요점'을 정리하려고 하는 것이 아니라 질문을 던질 만한 '문제'를 찾기 위해서 하는 것입니다.

이건 쉬운 일이 아닙니다. '문제'를 찾으려고 텍스트를 읽다 보면 '도대체 무슨 질문거리가 있다는 거야?' 하기가 쉽습니다. 그게 당연한 겁니다. '문제'로 보이는 것이 아무것도 없어 보이는 순간에도 어떻게든 문제와 질문을 '만들어 내는 것'이 바로 '훈련'의 핵심입니다. 그러니까 '발제'는 무엇인가 하면, '문제를 만드는 것'입니다. 발제를 맡은 사람은 세미나 팀원들이 세미나 시간에 고민할 문제를 만들어 오는 사람입니다. '발제문'은 무엇일까요? 그 시간에 고민한 '문제'와 발제자가 그 '문제'를 만들기까지 고민했던 전후 맥락을 기록한 글입니다.

'발제'라는 글쓰기

'발제문'도 분명 글로 이루어진 것이니 '글쓰기'가 맞기는 합니다. 그런데 부담을 조금 내려놓아도 되는 글쓰기입니다. 앞서 말씀드린 것처럼 '발제문'은 질문을 던지는 글이기 때문입니다. 이러한 '질문 던지기'의 목적은 단 한 가지입니다. 세미나에 활기를 불러일으키는 것입니다. 활기 있게 진행되는 세미나는 어떤 세미나일까요? 그건 무엇보다도 '말'이 넘쳐나는 세미나입니다. 한 사람이 말을 마치기가 무섭게 그 말을 받아 다음 사람이 말하고, 그 말을 받아 또 그다음 사람이 말하고, 그렇게 말이 끊임없이 이어지면 됩니다. 당연히 세미나가 재미있어집니다. 이 이야기는 '말하기' 부분(10, 11장)에서 더 자세히 하도록 하겠습니다.

부담을 조금 내려놓고 써도 된다고 해서 '발제문' 쓰기가 결코 쉬운 것은 아닙니다. 어쩌면 '에세이' 한 편을 쓰는 것보다 어려울 수 있습니다. 왜 그럴까요? 여느 글쓰기라면 한 편의 글 안에서, 그 글이 의도하고 있는 목표가 완결됩니다. 간단하게 말하자면 읽어서 '좋은 글'을 쓰기만 하면 되는 것이지요. 그런데 '발제문'은 그 글로서 완결되지 않습니다. 세미나에 있어서 '발제문'은 '읽기'와 '말하기' 사이에서 그 둘을 이어 주는 역할을 맡고 있기 때문입니다. 그러니까 어떻습니까? '읽기'를 일단 잘해야 하고, 발제문을 쓰는 동안 어떤 '말'을 이끌어 낼 수 있을지를 고민해야 합니다. 거기엔 세미나 구성원들의 성향도 고려되어야 하고, 내가 정말 문제라고 생각하는 바에 대해서도 납득 가능한 설명을 붙여 주어야 합니다. 게다가 정말 중요하지만 구성원들이 간과하기 쉬운 문제에 대해서도 고려를 해야 합니다. 그래야 세미나가 풍성해지니까요. 그런 점들을 고려해 보면 '발제자'야말로 그날의 세미나에서 맨 앞에 선 사람입니다. 텍스트를 가장 꼼꼼하게 읽어야 하고, 구성원들의 입을 열어서 '말'을 끄집어내야 합니다. 쉬운 일이 아닙니다.

그러니까 오히려 '부담'을 내려놓아야 합니다. 발제자가 '부담'을 갖기 시작하면 세미나 전체에 '부담'이 번져 갑니다. 부담스럽더라도 그걸 마음속에서 쫓아내야 훌륭한 발제를 할 수 있습니다. 무슨 말인가 하면, '부담'을 가지고 텍스트를 읽고, 발제문을 쓰다 보면 괜히 힘이 들어가서 헛발질을 하게 된다는 것입니다. '부담'을 물리치는 것부터가 하나의 훈련이라고 생각하면 쉽습니다. 내가 정말 '문제'라고 생각하는 것을 끄집어내려면 무엇보다 자기에게 솔직해져야 합니다. 그리고 그렇게 솔직하게 끄집어낸 문제가 정말로 위력적입니다.

자, 그러면 이제 '발제문'을 어떻게 쓸 것인가 하는 문제로 가 보겠습니다. 미리 말씀드리자면, 솔직함이 가장 중요합니다. '문제'에 정면으로 부딪쳐야 질문을 건져 올릴 수 있습니다.

9장

세미나와
'쓰기' ②

— 발제문 쓰기의 실제

'질문'을 만드는 법

발제문 쓰기에 있어서 무엇보다 중요한 것은 '문제'를 찾고 그 문제를 질문으로 만드는 것입니다. 이는 '읽기'와 긴밀하게 연결된 일입니다. 그렇기 때문에 텍스트를 읽는 동안에 이미 머릿속으로는 발제문을 쓰는 작업을 시작해야 합니다. '다 읽고 발제문 써야지' 하면 무조건 늦습니다. 그렇게 할 때 '요약'만 있는 발제문을 쓰게 됩니다. 읽은 '다음'에 무언가를 쓰면 읽은 것을 정리하려고 하기 때문입니다. 이건 아주 자연스러운 패턴입니다. 그래서, 읽는 것과 동시에 의문을 만들기 시작해야 합니다. '만들어진 의문'은 결국 '질문을 위한 질문' 아니냐고 물으실 수도 있겠습니다. 맞습니다. '질문을 위한 질문'이라도 만들려고 마음을 먹고 읽어야 겨우 문제를 찾을 수 있습니다. 왜냐하면 문제의 대부분이 꽁꽁

숨어 있기 때문입니다.

특히 철학 텍스트들은 더 깊숙이 숨어 있습니다. 많은 철학 책들이 서문이나 1장에서 해당 저작의 '문제 설정'에 관해 설명합니다. '나는 여기서 존재의 문제를 다룰 것이다. 이 문제는 이러이러한 배경 속에 있다'라거나, '인간에게 절대적 자유는 불가능하다. 그렇다면 어떤 자유가 인간에게 남는가? 이 세계에서 인간은 이러저러한 지위를 가지고 있는데…' 같은 식입니다.

이 '문제 설정'들을 차분하게 따라가다 보면 무슨 일이 벌어질까요? 그 철학자가 세워 놓은 전제, 그러니까 해당 저작에서 다루고자 하는 '문제'의 배경을 자기도 모르는 사이에 다 인정하게 됩니다. '배경'을 인정하면 자연스럽게 '문제 설정'도 인정하게 됩니다. 역사상의 이름난 철학자들은 다들 이 작업을 기가 막히게 해냅니다. 그러니까 이름을 남긴 것이겠지요. 이를테면 하이데거의 『존재와 시간』은 역사적으로 망각되었다고 하는 '존재 물음'의 의미를 '서론'으로 따로 묶어, 한국어판 기준 무려 50페이지에 걸쳐 설명합니다. 얼마나 설득력이 있는지 평소 단 한 번도 생각해 보지 않은 '존재 물음'이 인간이라면 무조건 던져 보아야 할 물음처럼 느껴질 정도입니다. 물론 그러한 문제 설정을 차분하게 따라가고, 인정하며 읽는 것은 정말로 중요한 일입니다. 사실 어떤 사유의 진면목은 '문제 설정' 그 자체에 있는 법이니까요.

그런데 바로 그런 이유 때문에 그걸 물고 늘어져야 합니다. 그 '문제 설정'이 타당하지 않거나, 타당하다고 한들 인생엔 별 의미가 없는 것이라면 그 사유의 의미가 없어져 버리기 때문입니다. 읽는 동안에 해봐야 하는 질문이란 바로 그런 것입니다. 하이데거가 '존재 물음'을 던지고 있는데, 그게 과연 의미가 있는 것인지, 의미가 있다면 타당한 논증을 하고 있는지 하는 것들 말입니다. 거기서부터 질문 만들기가 시작될 수 있습니다.

─────

'질문'을 가지고 문장을 만드는 법

"철학의 근본주제로서 존재는 어떤 한 존재자의 유가 아니다. 그렇지만 그것은 모든 존재자에 다 상관된다. 그것의 '보편성'은 더 높은 곳에서 찾아져야 할 것이다. 존재와 존재구조는 모든 존재자를 넘어서 있으며 한 존재자가 가지는 존재하는 모든 가능한 규정성을 넘어서 있다. 존재는 단적으로 초월이다."

하이데거, 「서론」, 『존재와 시간』, 61쪽

이 예문에서 하이데거가 설명하는 '존재'란 무엇일까요? 본문을 제대로 읽어 보기 전에는 정확한 내용을 알 수는 없습니다.

그런데 저 문장만 놓고 본다면 '존재'는 보편자이자 초월자인 '신'의 이미지에 정확하게 부합합니다. 여기서 '질문'을 한 가지 만들어 낼 수 있습니다.──"하이데거가 말하고 있는 '존재'는 기독교적인 '신'이 아닌가?"

　　그런데 이렇게 질문을 던지려면 '근거'가 있어야 합니다. "왜냐하면 전통적인 기독교 신앙에서 '신'은 이 세상을 초월해 있으면서 이 세상을 가능하게끔 하는 초월자로 받아들여지기 때문이다" 같은 서술이 뒷받침되어야 하는 것이지요. 이러한 '질문'으로부터 세미나 구성원들의 '말'을 끌어낼 수 있습니다. "나도, 그 부분에서 신을 떠올리지 않을 수 없었다"거나, "그렇게 단순하게 기독교적인 유일신으로 단정지을 수는 없다. 오히려 나는 여기서 범신론적이라고 느꼈다"는 식의 의견들이 나올 수 있습니다. 다시 말씀드리지만 여기서 중요한 것은 '존재'가 무엇인지 확정적으로 알아내는 것이 아니라, '존재'가 무엇일 수 있는지, 거기에 들어갈 수 있는 여러 후보들을 최대한 많이, 또는 적은 수라도 최대한 밀도 높게 끌어내는 것이 중요합니다. 확정해 가는 것은 세미나를 더 진행하면서 차차 해도 됩니다.

　　다른 예문도 한 가지 보겠습니다. 이번엔 스피노자입니다.

　　"이 장에서 우리가 제시한 것들로부터 다음과 같은 사실이 우리에게 분명해졌다. 즉 자연적 상태에는 죄가 없다. 달리 말해, 누군가가 죄를 범한다면 그는 자기에게 죄를 범하는 것이지 타인에게 범하는 것이 아니다. 왜냐하면 자연의 법은 어느 누구도 그가 원하지 않는 타인의 의지를 따르도록 구속하지 않기 때문이며, 또한 그 어떤 것을, 그가 그것을 자기 자신의 천성에 따라 좋다고 또는 나쁘다고 판단하지 않는 한, 좋은 것 또는 나쁜 것으로 여기도록 구속하지 않기 때문이다."베네딕투스

데 스피노자, 『정치론』, 공진성 옮김, 길, 2020, 83쪽

여기서 문제가 되는 것은 '자연 상태'에서 '죄'가 있는가, 없는가입니다. 이걸 이렇게 바꿔 볼 수 있습니다. "자연 상태에서 죄를 짓는 것이 가능한가?"로 말입니다. 그런데 여기서 끝내면 할 수 있는 말이 별로 없습니다. 더 파고들어야 합니다. '자연 상태'란 무엇인가를 물어야 하는 것이죠.

그리고 또 물을 수 있습니다. '자연 상태'가 아닌 상태는 어떤 상태인가라고 말입니다. 그러면 바로 답이 나옵니다. '문명 상태'입니다. 그러면 앞선 질문을 또 변환시킬 수 있습니다. "문명 상태에서 죄를 짓는 것이 가능한가"라고 물을 수 있는 것이죠.

여기서 또 생각해 볼 수 있습니다. "자연 상태와 문명 상태는 죄와 관련해서 어떤 차이점이 있는가"라고 말입니다. 이렇게 답

할 수 있겠습니다. "자연 상태에서는 누구도 타인의 의지에 따르지 않아도 되지만, 문명 상태에서는 관습이나 법처럼 나의 의지와 상관없는 타인의 구속력이 존재한다. 따라서 자연 상태에서는 무슨 짓을 하더라도 제약이 없기 때문에 죄가 되지 않지만 문명 상태에서는 똑같은 행위라고 하더라도 죄가 될 수 있다"고 말입니다.

그러면 여기서 어떤 질문을 만들어 낼 수 있을까요? 스피노자 철학의 다른 맥락들은 고려하지 않고, 위의 글만 가지고 질문을 만들어 본다면 이렇게 물을 수 있습니다. 인류에게 과연 '자연 상태'가 아닌 상태가 존재할 수 있는가? '자연'이 그야말로 모든 것을 아우르는 개념이라면 이른바 '문명화'된 상태가 인류에게는 '자연 상태'인 것이 아닌가? 하고 말입니다. 또 다른 방식으로 '질문'을 만들 수도 있습니다. 스피노자가 말하고 있는 자연 상태란 역사상에 실재했던 상태인가? 사고실험을 통해 만들어 낸 상태인가? 더 나아가 통념상 자연 상태라고 부를 수 있는 동물들의 세계에서 과연 죄 짓기가 불가능한 것인가? 무리 짓는 동물들의 규칙은 어떻게 설명할 수 있는가? 또는 '자연 상태'라는 개념을 스피노자가 처음 만든 것인가 아니면 담론사적 맥락이 있는가? 하고 말입니다.

이런 형태의 '질문 만들기'는 질문을 만들겠다고 마음먹고 읽지 않으면 쉽게 떠오르지 않습니다. 질문을 떠올릴 수 있는 문장들은 따로 분류되어 있지 않고 다른 문장들 속에 섞여 들어가 있기 때문입니다. 그렇기 때문에 감(感)도 대단히 중요합니다. 어딘지 모르게 긴장이 걸려 있는 듯한 느낌이 드는 문장들, 이를테면 '왜냐하면'이나 '따라서' 뒤에 이어지는 부분들, '첫째, 둘째, 셋째'로 열거되는 부분들, '그것은, 이는, 그처럼, 그와 같이' 같은 식으로 어떤 개념이 등장한 후 그 개념이 지속적으로 '대명사'로 지칭되면서 설명되는 부분 등은 유심히 보아야 합니다. 그것만 유심히 보아도 '질문'을 건져 낼 수 있습니다.

만들어진 문장으로 '발제문'을 만드는 법

'텍스트'를 바탕으로 글을 쓸 때는, 우선순위를 정하는 게 가장 중요합니다. 우선순위를 정하지 못하면 텍스트를 고스란히 옮겨 오게 될 가능성이 높아집니다. 그럴 바에야 뭣 하러 '발제문'을 쓰겠습니까. 그냥 텍스트를 보면 되지요. '우선순위'를 정하는 데에는 앞서 말씀드린 감(感)이 정말로 중요합니다. 텍스트의 저자가 반복적으로 설명하거나, 오래 설명하는 부분은 다 이유가 있어서 그렇게 하는 것이기 때문입니다. 그 부분을 요약하고, 그로부터 질문을 만들면 큰 위험은 피할 수 있습니다. 읽으면서, 텍스트의 내용 중에서 꼭 다뤄야 하는 것, 다루면 좋겠지만 못 다루더라도 어쩔 수 없는 부분, 굳이 다룰 필요가 없는 부분으로 분류를 해보는 것도 좋습니다. 물론 어디까지나 '잠정적'인 분류입니다. 다 읽고 난 다음에 분류를 다시 조정해 보아야 하는 것이지요.

그렇게 우선순위를 대략 정하고 나면, 그 순서에 맞춰서 질문을 배치하고, 질문의 맥락을 적어 가면 됩니다. '읽기'가 잘 되었다는 전제하에 막상 해보면 생각보다 쉽게 됩니다. 각각의 부분들이 유기적으로 이어지면 금상첨화겠지만, 꼭 그러지 않아도 됩니다. 쓰려고 하는 글은 '발제문'이지 '에세이'가 아니기 때문입니다. 각 부분에 1, 2, 3으로 번호를 매겨서 별개의 부분으로 만드는 것도 괜찮습니다. 그런 방법의 장점도 분명합니다. 세미나에도 어쨌든 순서가 생기게 되는 효과가 있는 것이죠. 자칫 중구난방으로 흐를 수 있는 '이야기'에 흐름을 만들어 줄 수 있습니다. 세미나 구성원 중에 해당 텍스트를 좋아하고, 익숙한 사람이 있으면 그 사람이 토론 과정 속에서 따로 떨어진 질문들을 유기적으로 이어 줄 수도 있습니다. 그런 예제를 보는 것도 좋은 경험이 될 수 있습니다.

그런데 사실 저는 '우선순위'를 나누어서 중요한 것들을 우선적으로 다루는 것보다 더 중요한 게 있다고 생각합니다. '중요한 것'보다 중요한 게 '마음에 드는 것'이라고 생각하기 때문입니다. 사실 대학원생이나 전문 연구자를 목표로 공부한다면 해당 담론 체계 안에서 중요도가 높은 걸 우선으로 파고들어야 하는 것이 맞습니다. 그런데, 목표가 거기에 있지 않고, 좋아서 하는 공부, 내 삶에 지성을 입히기 위해서 하는 공부라면 무엇보다 마음이 가는 걸 잡아채는 게 중요하다고 생각합니다. 그건 단 한 줄의 문장일 수도 있고, 한 문단 안에서 간결하게 끝나는 논증일 수도 있습니다. '발제문'은 분명 용도와 목적이 분명한 글이기는 하지만, 어쨌든 '글쓰기'입니다. '글쓰기'가 원활하게 되려면 글을 쓰고자 하는 대상에 마음이 가 있어야 합니다. 그것으로부터 출발하는 것도 좋은 방법입니다. 그리고 어쨌든 그렇게 마음에 들어서 고른 부분에 대해서는 본인도 하고 싶은 '말'이 많을 것이기 때문입니다.

아, 그러고 보니 이제 정말로 '말'이 남았습니다. '읽기'와 더불어 세미나의 두 기둥 중에 하나지요. 그럼, 이제껏 다룬 '쓰기'는 무엇이었을까요? 세미나의 두 기둥 사이를 이어 주는 들보가 아닐까 싶습니다. 자동차에 비유하자면 엔진(읽기)과 바퀴(말하기) 사이를 잇는 변속기였고요.

*이 글은 『서양철학사』(군나르 시르베크·닐스 길리에 지음, 윤형식 옮김)의 '14장 공리주의와 자유주의' 부분을 토대로 작성된 발제문입니다.

14장 공리주의, 자유주의

1. 벤담

벤담의 기본전제는 '권위와 정치적 변화의 정당성은 인간의 공리와 쾌락에 근거한다'는 것이다. 앞서 엘베시우스를 다룰 때, 우리는 이러한 전제가 실례와 논리의 내적 불가능성에 근거해 논박된다는 것을 알았다. 그러나 벤담이 엘베시우스와 구별되는 점은 그가 이와 같은 '공리와 쾌락의 원칙'을 일관되게 법률 개혁의 지침으로 삼았고, 나아가 쾌락의 계산 체계를 개발하는 데까지 이르렀다는 점이다. 그러한 원칙의 일관적 적용의 결과도출되는 것은 재미있게도 '쾌락의 극대화'가 아니라 '고통의 회피'이다.* 다만, 구분해야 할 것은 '쾌락'이 개인의 경험에 적용되는 원칙이라면 '공리'의 경우엔 '바람직한 결과'와 관련된다는 것이다. 말하자면, 행위의 결과가 얼마나 '유용'한지 여부가 판단의 근거가 된다. 물론 개념적인 구분은 가능하지만, 이 두 가지 원칙을 작동시키는 토대는 같다. 그리고 그러한 '토대'의 보편적이고 필연적인 근거를 세우는 것은 불가능하다. 그에 따라 다음과 같은 문제가 발생한다. "어떤 주어진 상황에서 무고한 사람을 처형하는 것이 최대의 공리를 낳는다면 그것은 공리주의에 대한 일반적인 해석에 따라 옳은 일이다. 그러나 이 견해는 기본적인 정의의 감정(개인적 쾌락)에 어긋난다."(580쪽) 따라서, 벤담의 견해 역시 내적인 부정합성을 갖는다. 또, 다양한 형태로 발산되는 사회적인 욕망의 층위를 '쾌락과 공리'로 환원함에 따라 실제 사회에서는 발견되는데, 이론으로는 설명할 수 없는 '비합리적인 경향' 앞에서 무력해진다.

---

* '쾌락주의'로 명명되었던 에피쿠로스가 '고통을 최소화하기 위해 계산해야 한다'고 했던 주장을 떠올려볼 수 있다.

2. 존 스튜어트 밀

밀은 '공리주의'를 지지하지만, 벤담식의 '쾌락'의 질적 차이를 고려하지 않은 채 '양'으로 환원하는 주장은 받아들이지 않았다. 밀은 공리의 질적 차이를 인정한다. 그러면 또다시 문제가 발생하는데, '질'까지 고려한 공리들 간의 '비교'는 어떤 기준에 따라서 해야 하는가 하는 문제다. '공리주의' 전통에 대해 '이성주의자'가 제기할 수 있는 당연한 반론인데, 밀은 이에 대해 '능력 있는 사람들의 합의' 또는 '다수결'을 주장했다.(지난주에 다룬 합리주의 철학자들이라면, 이에 대해 어떻게 평가했을까 생각해 봐도 좋을 듯하다.) 따라서 회의주의적 경험론(흄의 입장)의 관점에서 보자면 여기서도 우리는 보편성과 필연성을 찾아낼 수 없다. 그럼에도 불구하고 이러한 주장이 일정한 의의를 갖는 것은 무엇 때문일까? 아마도, 그런 식의 합의와 다수결에 따른 결정이 축적되면서 밝혀지는 '합리성', 그러니까 '상황적 합리성'이라는 근거가 생기기 때문이 아닐까? 이와 같은 방식으로 쌓아가는 경험적 데이터가 '잠정적인' 형태의 '보편성'을 확보해 준다는 말이다. 이와 같은 태도에서 '사회'를 '과학'의 대상으로 보는 '사회과학'이 태어났다. 무수한 통계와 도표, 인터뷰로 점철된 사회과학 논문들의 목표는 거칠게 말해 '공리의 기준'을 찾아내려는 시도라고 말할 수도 있을 것이다.

이로부터 밀이 어째서 이전까지의 계몽주의, 자유주의자들의 관심 영역에서 살짝 비껴나 있던 '발언의 자유', '사회 복지'와 같은 가치들을 중요하게 생각했는지 알 수 있다. '공리'의 확대가 가능한 지반이 거기에 있었기 때문이다. 말하자면 '리버럴리티'는 '래셔널리티'의 조건이다. 어쩌면 이 때문에 그는 '공리주의'의 내적 한계를 넘어설 수 있었다고 평가할 수도 있겠다. 말하자면, '논리의 내적 모순'이 야기하는 문제를 상황에 따른 사회적 합의로 치환하는 것이다. 그 지점에서 '현대'가 시작되는지도 모르겠다.

[질문]

1) 벤담의 '양적 공리주의'의 전제들이 무너질 수 있는 예들을 찾아보자.

2) 공리주의, 자유주의자들이 주장하는 '보편적 인권'은 '보편적' 근거가 있을까?(본문 589쪽)

3) '토론은 하나의 진리로 우리를 이끌 수 없지만, 다양한 의견을 일깨우는 데 기여할 수 있다'는 밀의 생각은 고대 그리스의 '소피스트'를 떠올리게 한다. 그렇다면, 소피스트들에 대해 제기되었던 플라톤의 비판들은 밀에게도 고스란히 적용될 수 있는 게 아닐까?(본문 587쪽)

10장

세미나와
말하기 ①

— 결국엔 '말하기'로 모인다

내 '말'의 한계를 실감하는 장소

드디어 본격적인 세미나가 시작되었습니다. 지금까지 다룬 '읽기'와 '쓰기'는 세미나의 토대를 이루는 '사전 공부'의 성격을 가지고 있습니다. 그러니까 좁은 의미에서 '세미나'는 아직 시작하지 않은 것이지요.

사실 '공부를 한다'는 의미에서는 '읽기'와 '쓰기'가 가장 중요한 활동이기는 합니다. 읽고 쓰면서 자신의 몸과 머리에 조금씩 '인문'의 흔적들을 쌓아 가는 일이니까요. 그런데 그것만으로는 부족합니다. 그러니까 '공부'가 완결되지 않습니다. '공부'가 단순히 지식을 쌓아 가는 행위라고 한다면 그것만으로도 의미가 있겠지만, '공부'의 의미는 그보다 포괄적입니다. '공부'를 지식을 쌓는다는 의미로만 한정하는 것은, 자신의 머리를 '창고'라고 하는 것과 같습니다. 차라리 '공부'는 지식이 나를 거쳐 밖으로 나가는 것이어야 합니다. 그것은 나를 하나의 '노드'(node : 집합점, 네트워크의 분기점이나 단말의 접속점)로 만드는 일입니다. 나에게로 온 지식이 어딘가 다른 곳으로 흘러가야 내가 한 공부가 '의미'를 얻습니다.

'공부가 의미를 얻는다'는 말은 무슨 뜻일까요? 그것은 내 공부의 영향력을 내가 실감할 수 있다는 말입니다. 읽고 쓰는 걸 혼자서 계속 해나간다면 그건 그것대로 의미 있는 일임에는 분명합니다. 그런데, 그렇게만 한다면 '지식'을 다루어 내 몸에 새겨 넣는 능력은 좋아질지 몰라도 그걸 밖으로 꺼내어 전달하는 능력이 자라는 데는 한계가 있습니다. 자기 혼자서 자기를 평가하는 셈이지요. 어느 한계 이상으로는 공부가 나아가질 않습니다. 물론, '지식'은 계속 쌓여 갑니다. 다만 지식을 쌓는 방법이 바뀌기는 어렵습니다. 그게 바뀌려면 몸에 들어온 지식을 한 번씩 밖으로 꺼내서 다른 사람에게 보여 보아야 합니다. 그래야 내 말이 닿을 수 있는 한계가 어디에 있는지, 내 말이 추락하는 지점이 어디인지 알 수 있습니다. 그 한계를 겪어 보아야만 내가 쌓은 지식의 성질이 바뀔 수 있습니다. 이건 고스란히 '나'라는 존재의 존재 방식에까지 영향을 미칩니다. 말하자면 '사고방식'의 전환에도 영향을 준다는 이야기입니다. 그리고 이 변화는 연쇄적이어서 사고방식이 바뀌면 사물을 대하는 태도가 달라지고, 이는 '느끼는 방식' 그러니까 '정서'도 바꾸어 놓습니다. 내가 내 지식을 '말'로 바꾸어 밖으로 내놓는 일의 힘이 그렇게 강력합니다. 여기엔 내 말을 듣는 '타자'가 전제되어 있습니다. 그런 점에서 보자면 '세미나'는 '말'로 바뀐 내 지식과 정서를 '타자'와 만나게 하는 장소입니다. 여기에서 나는 내 말의 한계를 발견하고, 다른 사람의 한계를 봅니다. 그리고 잘만 한다면 내 존재를 지금까지와는 다른 무언가로 변환시킬 수도 있습니다.

'말'이 힘을 잃을 때

여러 세미나들을 하다 보면 묘한 느낌을 받을 때가 있습니다. 세미나에 참여하는 멤버는 매번 바뀌는데, 각 세미나 팀 안에 고정된 배역이 있는 것 같은 느낌입니다. 같은 연극이 배우를 바꿔서 반복되는 기분이지요. 해박한 지식으로 토론 중간중간에 팀원들의 이해를 돕는 배역이 있는가 하면, 리액션이 좋아서 사람들의 '말'을 이끌어내 주는 배역도 있고, 답할 수 없는 질문을 던져 막다른 길을 만들어 내는 배역도 있습니다. 가장 난감한 것은 대답할 수는 있지만 대답하더라도 딱히 세미나엔 도움이 되지 않는 질문을 던지는 배역도 있다는 점입니다. 실제 세미나를 해보면 그런 말 한마디에 세미나 전체가 갈피를 잃고 휘청거리는 순간을 종종 경험하게 됩니다. 이를테면 이런 식입니다.

> 세미나원 Ⓐ : 『차라투스트라는 이렇게 말했다』에서 니체가 '더럽히지 않고 더러운 강물을 모두 받아들이려면 사람은 바다가 되어야 한다'고 했을 때, 모호했던 '위버멘쉬'(초인)에 대한 이미지가 조금 구체적으로 바뀌었습니다.
>
> 세미나원 Ⓑ : 네, 맞아요. 저도 그 부분에서 무언가 '반짝'했어요. '위버멘쉬'라는 게 '초능력자'가 아니라, 어떤 '수용성'이 극대화된 존재에 관한 이야기라는 생각이 들더라고요.
>
> 세미나원 Ⓒ : 그런데 결국 '위버멘쉬'(초인) 이야기를 하는 걸 보면 니체도 인종주의자 아닌가요?
>
> 세미나원 Ⓐ : 어떤 점에서 그렇다는 거죠?
>
> 세미나원 Ⓒ : '초인'을 이야기한다는 건 어쨌든 보통 사람과 다른 '영웅'을 만들어 낸 거잖아요. 그런 걸 생각하면 니체는 신분제나 계급사회를 옹호하고 있는 것처럼 보여요.

이 대화는 이후로도 길을 잃고 헤매게 될 가능성이 매우 높습니다. 저 대화 다음에는 '니체가 인종주의자인가 아닌가?' 하는 물음에 어떻게 답할 것인지를 두고 토론을 벌이게 될 겁니다. 물론, 니체가 남긴 글의 표면적인 내용이나 사후에 파시스트들에게 니체가 전유된 예들을 보면 세미나원 ⓒ의 지적이 전혀 무의미한 것은 아닙니다. 제기할 수 있는 문제지요. 니체와 나치의 관련성은 학문적 연구의 대상이기도 합니다.

그런데, 저런 식의 질문은 세미나에는 거의 아무런 도움이 되질 않습니다. '니체의 인종주의에 대해 생각해 보자'는 의미 정도는 될 수 있겠지만, 그 질문은 일단 너무 큽니다. 너무 큰 질문은 텍스트의 세부를 살펴보며 읽어 가는 세미나의 맥락에는 안 맞습니다. 오히려 '맥락'을 파괴하지요. 이제 저 세미나팀은 '니체는 인종주의자다', '니체는 인종주의자가 아니다'를 두고 둘로 나뉘어 논쟁을 하게 됩니다. 그런데 문제는 어느 쪽도 확실한 '근거'를 해당 세미나가 열리는 시점에서는 제시할 수가 없습니다. 그 때까지 읽은 니체의 텍스트에서 아전인수격으로 끌어모은 근거만 제시할 수 있을 뿐이죠. 반대편도 마찬가지입니다. 서로 제시할 수 있는 근거의 깊이와 넓이를 양쪽 모두 제대로 확보할 수가 없습니다.

이 말은 무엇인가 하면 저 질문의 크기가 지나치게 크다는 걸 의미합니다. 말하자면 그 질문을 가지고 따로 세미나 하나를 만들어도 될 정도로 큰 질문인 것이지요. 그러면 당연히 토론은 소모적이 됩니다. 나아가 세미나원들 사이에 감정의 골이 생겨 버릴 수도 있고요. 물론, '세미나 하나를 별도로 만들어야 하는 질문'을 일부러 제기해야 하는 세미나도 있습니다. 이를테면 '서양 철학사' 세미나가 그런 경우입니다. 이 세미나는 서양철학이 어떤 맥락으로 흘러왔는지 공부하는 의미도 있지만, 세미나를 통해 이후의 '공부 주제'를 찾아낸다는 의미도 크기 때문입니다. 이런 경우라면 '큰 질문'이어도 괜찮습니다. 목표가 다르기 때문입니다. 그러나 '텍스트 이해'를 목표로 하는 세미나라면 '질문'이 구체적이어야 합니다.

텍스트로 이끄는 '말'

세미나에서 주제와 관련된 토론을 할 때는 '구체적'으로 말해야 합니다. 토론 속에서 내용이 쌓이는 방법, 그러니까 '내실'을 다지는 가장 간단하고 좋은 방법입니다. 구체적으로 말하기 위해서는 어떻게 해야 할까요? 가장 중요한 건 '읽기'를 제대로 해야 합니다. 내용을 건너뛰면서, 또는 별다른 질문을 제기하지 않으면서 덤벙덤벙 읽으면 추상적인 질문밖에 던질 수가 없습니다. 가령 위에 예로 든 대화에서 맥락이 깨지고 마는 세미나원 ⓒ의 첫번째 발언을 이렇게 바꿔 보면 어떨까요?

세미나원 ⓒ : '수용성'이 극대화된다는 건 어떤 의미일까요? 무엇이든 받아들일 수 있다는 뜻인가요? 만약에 그렇다면, 그 것은 니체가 격렬하게 비판하는 무조건적인 '복종'과는 어떻 게 다른 걸까요?

대단히 구체적인 질문입니다. 무엇보다도 텍스트에서 '답'을 찾아볼 수 있기 때문입니다. 물론, 답을 못 찾을 수도 있지만, 이 질문은 사람들의 관심을 '텍스트'로 향하게끔 유도하는 질문입니다. 이런 '말'이 수차례 이어지다 보면 세미나에 참석해서 그저 말 하고 듣기만 했을 뿐인데 마치 책을 다시 한 번 읽은 것 같은 느낌을 받을 때가 있습니다. 그럴 때면 굉장히 뿌듯한 기분도 함께 듭니다.

저는 그 느낌에 대해서 곰곰이 생각해 본 적이 있습니다. 어 째서 그런 느낌이 드는지 말이지요. 이를테면 이런 게 아닐까 싶 습니다. 혼자서 세미나를 준비하며 책을 읽을 때에는 내 머리만 가지고 그 텍스트를 어떻게든 '이해'하려고 또는 거기에 '익숙'해 지려고 노력합니다. 게다가 읽으면서 '질문'도 만들어야 하니, 내 눈에 띄어서 읽고 질문한 것 이외의 다른 해석이나 질문의 가능성을 생각하기가 쉽지 않습니다. 혼자서라도 수차례 읽는다면 가능하겠지만, 그래도 역시 한계가 있습니다. 혼자 읽으면 '읽기의 의외성'이 잘 생기질 않습니다. 그 말은 무슨 말인가, 혼자서는 텍스트가 가진 '잠재성'을 1인분 이상으로 끌어내기가 어렵다는 말입니다. 내가 선 자리에서 보이는 만큼만 읽을 수 있는 것이지요.

그런데 그렇게 혼자 읽은 사람 여럿이 함께 모여 각자 읽은 것에 대해 '말'하기 시작하면 정말 놀라운 일이 벌어집니다(물론 좋은 리듬을 타야겠지만요). 내가 읽으면서 보지 못했던 것을 다른 누군가는 봅니다. 서로 선 자리가 다르니까 그에게만 보이는 것이 있습니다. 그런데 그걸 내가 새롭게 알게 되는 것, 그 자체가 놀라운 것이 아니라, 그가 본 것과 내가 본 것이 연결되는 현상이 놀라운 것입니다. 내가 읽고 감응한 부분이 모종의 연관 속에서 더욱 강렬해지는 것이죠. 그러니까 내가 읽어 내지 못한 지식을 다른 사람은 읽어 내고, 그렇게 다른 사람의 입을 거쳐 나온 그 지식이 내가 얻은 지식들을 활성화시키는 셈입니다. '세미나'가 '인문 고전 읽기'의 가장 좋은 방법일 수 있는 건 끝까지 책을 읽게끔 하는 강제력도 큰 지분을 차지하고 있지만, 이 마법 같은 지식과 시각의 연결이 있기 때문이 아닌가 생각합니다. 이런 경험이 자주 일어나는 세미나가 성공적인 세미나입니다. 그야말로 '지적인 희열'이 연속되니까요.

세미나에서 그런 일이 자주 일어나게 하려면, 결국 '말'이 문제가 됩니다. 도대체 어떻게 말해야 그런 경험을 할 수 있는 걸까요? 다음 장에서 '구체적'으로 알아보겠습니다.

11장

세미나와

말하기 ②

— 말하면서 잊어서는 안 되는 것들

'말하기'에서 가장 힘든 일, '입 열기'

세미나에 갔으면 일단, 무슨 말이든 해야 합니다. 맥락을 끊는 말일지라도 안 하는 것보다는 낫습니다. 세미나를 하다 보면, 시작부터 끝까지 토론과 관련해서는 한 마디도 하지 않는 분도 있습니다. 실제로 말입니다. 차라리 이런 경우는 조금 나은 경우입니다. 왜냐하면 워낙 특이하기 때문에 문제점이 도드라지게 보이기 때문입니다. 그런데 정말 어려운 경우는 '나는 다른 사람들이 말하는 걸 들으려고 왔다'는 태도를 가진 분들입니다. 물론 '다른 사람들의 말을 들으려고' 올 수도 있습니다. 그런데 '다른 사람의 말을 들으려면' 그에 상응하는 대가를 지불해야 합니다. 그건 바로 '자신의 말'이라는 대가입니다. 말을 하기는 싫고, 다른 이의 말을 듣고만 싶다면 '강의'를 들으면 됩니다. 그러나, 세미나에 참여했다면, 예외가 있을 수 없습니다. 무조건 자신도 말을 해야 합니다. 이건 정해진 분량을 꼭 읽고 온다, 발제문을 꼭 써 온다와 같은 원초적인 규칙들보다도 더 원초적인 규칙입니다. 다시 강조해서 말씀드리지만, 무조건 말을 해야 합니다.

저도 압니다. 낯선 사람들 사이에서, 잘 알지도 못하는 내용에 대해 입을 여는 일이 얼마나 힘들고 어려운지 말입니다. 그렇지만 그 '힘듦' 속에서 다시 생각해 보아야 합니다. 도대체 '인문학' 공부를 왜 하려고 하는지 말입니다. 확정적인 답을 내릴 수는 없지만, 저는 '공부'의 의미를 '일부러 겪는 어려움'에서 찾곤 합니다.

그러니까 '인문학' 공부를 굳이 하지 않더라도 우리는 살아갈 수 있습니다. 삶이 던져 주는 고난을 극복하는 방법이 '인문학'에만 있는 것도 아닙니다. 어떤 사람은 달리기를 하면서 고난을 뛰어넘고, 어떤 사람은 그림을 그리면서 해소하기도 합니다. 그럼에도 굳이 '인문학'을 공부한다는 건 그 고난으로 들어가 본다는 의미입니다. '인문학'이 다루는 주제의 상당수가 바로 그러한 '고난'의 문제들과 맞닿아 있기 때문입니다. 심지어 거기에는 내가 아직 겪어 보지 않은 고난들도 있습니다. 하이데거의 말을 빌리자면 그곳까지 미리 달려가 보는 일하이데거, 『존재와 시간』, 356쪽입니다.

세미나에서 열리지 않는 입을 여는 일은 그런 점에서 보자면 '인문학 공부'의 본질과 맞닿아 있습니다. '문제'에 대면하는 것이지요. 책을 읽거나, 글을 쓸 때는 '어려움'을 피할 수 있는 여지가 많습니다. 잠깐 딴짓을 하면 그만이니까요. 그런데 여러 명이 모여서 공부한 것을 나누는 세미나에서는 그럴 수 있는 여지가 없습니다. 끝까지 입을 열지 않으면 모두가 이상하게 생각할 겁니다. 그리고 누군가는 어떻게든 나에게 말을 시키려고 하겠지요. 어떻게 해서든 그 문턱을 넘어 보는 게 중요합니다. '나는 잘 모르겠다'는 말이라도 해야 합니다. 거기서부터 시작할 수 있습니다. 어디가 어떻게 모르겠다는 말을 붙여 가면 되니까요. 더 나아가서 이해가 안 가는 이유까지 설명할 수 있으면 금상첨화입니다. 무엇을, 왜, 어떻게 '모르겠다'는 진술 자체가 세미나에서는 아주 중요한 발언이 됩니다. 세미나 팀원 전체가 달라붙을 만한 '문제'를 던지는 말이기 때문입니다.

일단, 입을 여는 게 가장 중요합니다. 할 말을 못 찾겠어서 입을 열 수 없다면 '할 말'을 찾지 마시고, '모르겠다' 싶은 문제를 찾으시면 됩니다. 전체를 다 모르겠다 싶으면 그중에서 특히 더 모르겠는 걸 찾아야 합니다. 어떤 걸 모르는지 모르겠다 싶으면 그나마 조금이라도 알겠다 싶은 걸 찾아야 합니다. 거기가 출발점입니다.

'말하기'에서 가장 중요한 것, '듣기'

말하기에서 가장 중요한 기술은 현란한 말솜씨가 아닙니다. 가장 중요한 것은 '듣기'입니다. 왜 그런가 하면, '말하기'에는 리듬이 있기 때문입니다. 춤을 춘다고 가정해 봅시다. 그냥 몸을 흔들면 되는 걸까요? 안 됩니다. 그건 '춤'이 아니라 '몸 흔들기'죠. '춤'이 되려면 '리듬'을 타야 합니다. 그러려면 음악을 들어야 합니다. 어느 정도로 들어야 할까요? 음악과 하나가 될 정도로 들어야 훌륭한 춤이 됩니다. 말하기도 마찬가지입니다. 여기서 '리듬'은 음악의 리듬과는 약간 다릅니다. 차라리 여기서는 여러 사람이 주고받는 말들이 '리듬'을 만들어 냅니다. 일정한 흐름이 있다는 이야기지요. 그렇게 리듬을 만들어 가고 있는 중에 누군가 엇박을 낸다면 흥이 깨지고 맙니다. 물론, '흥'을 일부러 깨야 할 때도 있기는 합니다. 만들어지고 있는 '리듬'만 놓고 보면 흥도 나고 좋은데 '내용'은 산으로 갈 수도 있으니까요. 그런데 어쨌든, 좋은 내용을 가지고 적절한 리듬을 만들어 가고 있는데 '흥'을 깨 버리면 안 됩니다. 다시 리듬을 만들기가 쉽지 않기 때문이죠. 그렇지만, 그 '흥'은 세미나를 할 때마다 꼭 한두 번은 깨지게 마련입니다. 그렇게 생각하고 세미나에 참여하는 게 정신건강에 좋습니다.

자, 그러면 내가 리듬을 깨는 사람이 되지 않으려면 어떻게 해야 할까요? 다른 사람의 말을 주의 깊게 들어야 합니다. 토론의 맥락이 어떻게 흘러가는지, 어디서 끊어지고 어디서 이어지고, 내가 어떤 말을 하면 좋을지 생각하면서 말입니다. 물론 그런 순간에도 말을 해도 됩니다. 귀는 열어 놓고서 말이죠. 그러면 일정한 리듬이 느껴집니다. 맥락이 끊어질 때는 어떻게 이어 붙일지, 누구의 말에 더 마음이 가고, 어떤 말에 내가 불편함을 느끼는지 같은 것들도 귀를 기울여야 들어오게 마련이지요. 말하자면 이건 전체를 조망하는 일입니다. 그리고 그 전체에 자신의 말을 조금씩 덧붙여 가는 것이죠. 이 일이 잘 되려면 다른 사람의 말을 듣고, 그 사람이 되어 보아야 합니다. 그래야 각자의 리듬 속에서 전체의 리듬을 맞춰 낼 수 있게 됩니다.

인문 고전 읽기 세미나가 '나'를 지금까지와는 다른 존재로 변환시킨다는 건, 거기에서 다른 사람의 리듬에서 내 리듬으로, 또 다른 사람의 리듬으로, 세미나팀 전체의 리듬으로 변조하는 일이 일어나기 때문입니다. 정말 근사한 일이지요. 그렇게 책을 읽는 경험을 하고 나면 '혼자 읽기'가 정말 단조롭게 느껴집니다. 혼자서 읽을 때는 나 혼자의 '리듬'만 경험할 수 있을 뿐이니까요. 그런 일이 원활하게 일어나는 세미나가 성공적인 세미나입니다. 매번 모일 때마다 공통의 리듬이 만들어지면, 무엇보다 '재미'가 있습니다. 어려운 텍스트도 쉬워지는 마법이 그렇게 일어납니다.

다른 사람의 '말'을 어떻게 받을 것인가?

세미나를 할 때, 거의 첫부분에 나오는 질문은 대부분 하나입니다. "어떻게 읽으셨나요?" 이 질문은, 해당 회차에 읽기로 한 부분에 대한 전반적인 생각이나 감상을 묻는 질문입니다. 예를 들어 『순수이성비판』의 '선험적 변증론' 부분을 읽었다고 치겠습니다.

> 세미나원 Ⓐ : 아, 저는 정말 칸트가 종래의 '신 존재증명'들을 논파하는 부분이 대단하다고 생각했습니다. 특히 일반적인 상식에 따라 보자면, 원인의 원인을 향해 거슬러 올라가면 '최종 원인'이 있다고 생각하잖아요. 그게 곧 '신'이고, 저는 이 생각을 깰 수 있는 방법이 없을 것 같았는데 정말 감탄했어요.
> 세미나원 Ⓑ : 저는 결국 '신'을 '요청'하는 식으로 다시 끌어들이는 데서 조금 실망스러웠습니다.
> 세미나원 Ⓒ : 저는 진짜 아직도 무슨 말인지 잘 모르겠어요. 그리고 이게 왜 그렇게 대단한 고전인지도 여전히 잘 모르겠습니다.

세미나원 ⑩ : 저는 '변증법'은 들어봐서 아는데, '정반합' 그거
요. '변증론' 하고 다른 건가 싶더라고요. 그런데 또 제가 알기
로는 '변증법'은 막 세계를 동질적으로 설명할 수 있는 막 대단
한 그런 거였는데, 여기서 보면 '가상' 어쩌구 하면서 부정적으
로 이야기해서 좀 헷갈리더라고요.

이 반응들을 보면, "어떻게 읽으셨나요?"라는 질문의 용도를
알 수 있습니다. 저 질문에 대한 세미나원들의 답변들이 오늘 세
미나의 주요한 토론 주제들이기 때문입니다. 거의 십중팔구는 저
답들을 두고 이야기가 진행됩니다. 세미나가 끝날 때까지 '잘 듣
는' 집중력을 유지해야겠지만, 특히 '초반'에는 더욱 집중해야 합
니다. '오늘' 세미나의 주제들이 초반에 몰려 있기 때문입니다. 이
때 그 주제들을 잘 접수해 두고 세미나 팀원들이 제기한 문제들
에 어떻게 답하면 좋을지 잘 생각해 보아야 합니다. 그 주제들을
염두에 두고 내 발언들을 만들어 간다면 내 말이 최소한 엉뚱한
길로 흐르게 되지는 않습니다.

이제 토론이 한참 전개되고 있을 때를 생각해 볼 차례입니
다. 이때 중요한 것은 내가 하고 싶은 말을 하면서도 말의 끝부분
을 항상 열어 두어야 하는 것입니다. 무슨 말인가 하면 다른 사람
이 내 말을 받을 여지를 남겨 두어야 한다는 말입니다. 가령 이런

식입니다.

"저는 칸트가 '신을 요청' 하는 부분에 대해서 조금 놀랐습니다. 물론 그렇게까지 꼭 '신'의 자리를 만들어 두어야 하나 하는 생각이 들기도 하지만, 어떤 점에서 보면 주객을 완전히 전도시킨 것이니까요. 결국 칸트가 '신을 만든 건 인간'이라는 생각까지 나갈 수 있는 길을 처음 열어 준 사람 아닐까 생각합니다. 그런데 어째서 '신'의 자리를 남겨 둘 수밖에 없었을까요?"

네, 앞서 세미나원 Ⓑ의 말을 받아서 '신을 요청'하는 칸트의 논리에 대한 내 생각을 밝힌 후에 그와 관련된 '질문'을 넣는 형태입니다. 이런 식으로 말을 끝내면 이 말을 받는 사람이 나올 가능성이 높아집니다. 세미나에서 흘러나오는 말들 사이에 연속성과 리듬이 생기는 것이지요. 게다가, Ⓑ가 처음 던진 말에 내용을 붙여 넣는 효과도 생깁니다. 당연히 Ⓑ는 이 질문을 받을 가능성이 높습니다. 여기까지만 보아도 '세미나'는 결국 '질문'에 '질문'을 덧붙여 나가는 공부 형식입니다. 이 점을 잊어서는 안 됩니다.

이전 시간의 말들을 '기억하기'

'말'이 '말'을 만듭니다. 특히 세미나에서는 더욱 그렇습니다. 인문고전을 읽으면서 생겨난 질문들은 그때그때 해소되기도 하지만, 단번에 답을 내릴 수 없는 질문들이 훨씬 더 많습니다. 세미나를 반복할수록 답하기 어려운 문제들이 늘어나는 게 당연합니다. 사실 그 문제들을 얻으려고 책을 읽고 세미나를 하는 것이니까요. 그래서 최소한 세미나 기간 동안만이라도 세미나 과정 속에서 제기된 '문제'들을 기억해 둘 필요가 있습니다. 당장은 풀리지 않지만 그다음 시간이나, 그 다음다음 시간에 우연찮은 계기로 '잠정적인' 답을 내놓을 수 있는 문제들이 있기 때문입니다. 말하자면, '문제'를 잘 보관해 두고 텍스트의 다음 부분을 읽어 가는 동안에, 세미나에서의 토론 중에 그 '문제'와 연관 지을 수 있는 요소가 나타나면 잽싸게 그 문제를 꺼내어 보는 것입니다. 앞에서 논의된 내용과 모순되는 점은 없는지, 앞에선 이해가 되지 않았는데, 뒷부분의 어떤 내용에 비추어 보자면 단박에 이해가 되는 문제는 없는지 등을 찾아내는 것이지요. 그러자면 지금까지 세미나에서 제기되었던 문제를 잘 기억해 둘 필요가 있습니다. 그게 바로 '말할 거리'를 만드는 기술입니다.

'니체가 인종주의자냐 아니냐' 같은 문제도 보관해 둘 필요가 있습니다. 텍스트를 읽는 중에 '아니다'라고 판단할 수 있는 명백한 진술이 나올 수도 있고, '그렇다'고 판단할 수 있는 명백한 진술이 나올 수도 있기 때문입니다. 명백한 사례를 찾을 수 없더라도, 어느 한쪽이 우세해질 수 있는 예들을 모아 둘 수도 있습니다. 더 나아가 아예 그 주제로 해당 텍스트를 새로 읽는 별도의 세미나를 만들 수도 있습니다.

___

다시 '말하기'의 어려움

사실 공부를 하면 할수록 어떤 텍스트에 대해서 '이렇다, 저렇다' 말을 하기가 어려워집니다. '이렇다'고 말하면 그렇지 않을 수 있는 가능성들에 대한 지식이 점점 늘어나기 때문입니다. 이것은 '공부'가 단지 아는 것을 쌓는 행위가 아니라는 점을 말해 줍니다. 그것은 차라리 '모르는 것'을 늘려 가는 일이 아닌가 생각하기도 합니다. 사정이 그러하다 보니 어느 순간에는 말하기가 어려워질 때가 있습니다.

그런데, 그럼에도 불구하고 한 가지 느는 것도 분명히 있는데, 내 입에서 나오는 말들이 훨씬 정교해진다는 점입니다. 당연합니다. 세미나를 통해서 내 말의 한계를 지속적으로 실험했기 때문입니다. 그래서 내 말이 닿을 수 있는 한계가 어디까지인지 점점 더 잘 알게 됩니다. 그걸 보면 모든 인문학 공부는 결국 자신에 대한 공부로 통하는 것 같기도 합니다. 두려워하지 말고 더 많이, 더 자주 말해 보시기 바랍니다. 어렴풋이 알고 있었던 자신의 무지가 매우 선명하게 보일 겁니다.

【세미나스토리⑤】 글쓰기, 괴롭지만 이보다 더 좋을 수는 없는 것

쓰지 않으면 늘지 않는 '글쓰기'

이른바 '독서광'들에게는 일단 나왔다 하면 사 놓고 보는 책들이 있습니다. 저의 경우는 이른바 '원전'으로 분류되는 철학책들, 좋아하는 작가들의 소설책들, 그리고 글쓰기 책입니다. '글쓰기 책'이라니 이름이 조금 이상하기는 합니다. 정확하게는 '글쓰기를 주제로 한 책'들입니다. 여기서도 대략 종류가 나뉩니다. 소설가나 시인들이 자신의 작업을 주제로 쓴 책들이 있을 수 있고요, 소설이나 시로 이름이 드높지는 않지만 '글쓰기' 자체를 파고들어서 일반 독자들에게 글쓰기의 기법과 태도 등을 알려 주는 책들이 있습니다. 그런 문학에 기반한 글쓰기 책 외에도 철학적 글쓰기, 정치·사회 에세이 같은 글쓰기를 알려 주는 책 등 '글쓰기 책'이라는 분야를 따로 만들 수 있을 만큼 다양

한 형태의 글쓰기 책이 있습니다.

조금 다른 이야기이기는 하지만, 최근에 출간된 레몽 크노의『문체 연습』(조재룡 옮김, 문학동네, 2020)과 같은 책은 한 가지 소재를 아흔아홉 가지 '문체'로 표현한 글을 묶은, '글쓰기'가 가진 표현의 다양성을 실험하는 책입니다. 보통 문학예술이 '글쓰기'로 작품을 만들어 내는 것이라면 이 책은 '글쓰기'라는 행위 자체가 그대로 예술이 된 경우지요. 그러니까 저는 이런 책들이 나오면 일단 사 놓고 봅니다. 그리고 다른 많은 책들과는 다르게 거의 대부분 읽습니다. 일단 읽는 데 큰 부담이 없어서이기도 합니다만, '글'을 잘 쓰고 싶다는 마음이 그만큼 강해서이기도 합니다.

이렇게 시중에 출간되어 나온 많은 글쓰기 책들을 읽어 보면 거의 모든 책에서 공통적으로 이야기하는 바가 있습니다. 이미 아시겠죠? 네, 글쓰기는 '무조건' 많이 써야 는다는 이야기입니다. 난생처음 '글'이라는 걸 썼는데 그 글이 곧장 '고전'의 반열에 오르는 천재도 아마 어딘가에 있기는 할 겁니다. 그런데 우리 모두 알고 있는 것처럼, 저나 제가 쓴 이 글을 읽고 있는 분들이나 '천재'와는 거리가 좀 있는 편입니다. 어릴 적 (아무 근거 없는) 믿음과는 다르게 우리는 모두 평범한 사람들이죠. 특별하다고 해도 평범한 사람들 중에 조금 튀는 정도입니다. 그나마 다행인 점은 우리 모두가 비슷하게 평범한 가운데 모두 각기 다른 사람들이라는 점입니다.

　네, 사람들은 서로 비슷한 것 같아도 모두 다릅니다. 모두 같은 책을 읽고 만나서 세미나를 하는데, 서로 하는 이야기가 다 다릅니다. 당연하다고 생각할 수도 있지만 가만히 생각해 보면 그 '다름'들이 놀라울 때도 있습니다. 그로부터 이 세상의 모든 분쟁과 싸움들이 생겨나기도 하고, 때로는 이 세계를 역동적으로 굴리는 힘이 되기도 하니까요. '세미나'도 마찬가지입니다. 세미나 모임에 앉아 있는 사람들 모두가 '평범'하게 똑같기만 하다면 '세미나'가 되질 않습니다. 서로 의견의 차이도 생기고, 읽은 내용에 대한 이해도 다른 불균형이 있어야 생각이 어디론가 흐를 수 있는 것입니다. 그걸 가장 극명하게 드러낼 수 있는 것이 세미나에서 쓰는 '글'입니다.

어려운 텍스트 읽기, 더 어려운 글쓰기

저는 세미나와 관련된 모든 글들 중에서 '후기' 쓰는 걸 가장 어려워합니다. 이건 아마 기질과 관련된 문제인 것 같습니다. 이를테면 아직 세미나에서 말해지지 않은 부분을 읽고, 생각을 정리해서 질문을 만드는 형태의 '발제문'은 그다지 어렵지 않게 쓸 수 있습니다. 이제는 경험도 어느 정도 쌓였기 때문에, 과장을 조금 보태자면 내용을 거의 이해하지 못한 상태에서도 발제문을 쓸 수 있습니다. 어떤 점에서 보자면 내용에 대한 '이해'가 떨어지는 게 세미나용 '발제문'을 쓰는 데 있어 더 유리할 수도 있습니다. 그만큼 던질 수 있는 질문이 많다는 것이니까요. 마찬가지로 내용을 잘 이해하고 있어도 유리합니다. 텍스트의 논지 전개를 적절하게 요약해서 거기에 반론을 제기하거나, 그 논지가 유발하는 효과를 집는 식으로 내 생각을 덧붙일 수 있으니까요. 예컨대 예전에 『서양철학사』 세미나를 할 때 그랬습니다. 문장 하나하나를 따로 떼어서 읽고, 뺄 것 빼고, '논지'를 요약하는 식으로 발제문을 썼던 것이지요. 물론 발제를 맡은 본문의 내용을 모두 타이핑해 문장들을 지우고, 이렇게 저렇게 붙이는 작업을 하느라 꽤 품이 많이 들기는 했지만, 덕분에 지금 다시 떠올려 봐도 꽤 괜찮은 발제문을 썼다는 생각이 들 정도입니다.

　그런데 '후기'는 사정이 좀 다릅니다. '후기'라고 쓰기는 했지만, 세미나의 형식에 따라 '후기'가 아니라 지난 시간의 논의 내용을 정리하는 '정리문'이 되기도 합니다. 그리고 이 글은 지난 시간과 이번 시간을 매끄럽게 이어 주는, '오늘' 세미나의 첫 시작을 알리는 대단히 중요한 역할을 하기도 합니다. 그러니까 이 글은 내 머릿속에서 떠올라 내 입으로 나간 말이 아닌 말들도 '정리'해야 합니다. 저는 그걸 쓰는 게 여전히 힘이 듭니다. 만약에 세미나가 텍스트의 논리 전개에 맞춰 진행되었다면 그나마 나을 테지만 중구난방으로 이야기가 이리저리 튄 경우라면 도무지 글로 정리가 되지 않는 경우도 있습니다. 그럴 땐 그냥 그 세미나에서 느끼고 생각한 바에 대해 쓸 수밖에 없습니다. 그러니까 어떤 의미에서는 '감상문'이 되고 마는 것이지요. 그래도 중요한 것은 안 써져도 쓰는 것입니다. 사실은 이 말이 하고 싶었습니다. 내가 발제를 하거나, 후기를 쓰거나 해야 하는 순서여서 글을 써야 하는 상황이라면 무슨 수를 써서라도, 내용과 아무 상관이 없다 하더라도 일단은 '완성된 글'을 써 가야만 합니다. 이건 세미나 구성원들과의 약속에 대한 존중이기도 하지만, 그보다 훨씬 더 실용적인 이유가 있기 때문입니다.

앞서 글쓰기 책들이 '글을 잘 쓰고 싶다면 많이 써야 한다'는 말을 한다는 이야기를 했습니다. 맞습니다. 글을 '잘' 쓰려면, 최소한 글쓰기에 대한 두려움을 최소화하려면 무조건 많이 쓰는 수밖에 없습니다. 그런데 '써야만 하는 글'을 쓰지 않고서는, 장담하건대 '많이 쓰기'를 할 수 없습니다. '그런 건 안 쓰더라도, 내가 쓰고 싶은 글은 많이 쓸 수 있지 않을까' 생각하신다면 그럴 수 없다고 답해 드립니다. 최소한 비(非)문학 영역의 글쓰기라면 더욱 그렇습니다. 저는 나아가 '작가'들이 글을 보통 사람보다 잘 쓰는 이유는 '써야만 하는 글' 그러니까 '쓰기로 약속한 글'을 보통 사람보다 훨씬 더 많이 쓰기 때문이라고까지 생각합니다. '세미나'는 '보통 사람'이 '써야만 하는 글'을 쓰는 횟수를 늘리기에 아주 좋은 기회를 제공합니다.

나의 글쓰기 연습

저는 보통 직장인의 경우보다 글을 많이 씁니다. 일단은 출판사 블로그의 관리를 맡고 있기 때문에 올릴 글이 없으면 어떻게 해서라도 써야 합니다. 그리고 지금 읽고 계시는 것처럼 요즘은 '책'도 쓰고 있기 때문에 이 역시도 써야만 합니다. 그뿐이 아닙니다. 인문학 세미나나 강의 수강도 하고 있기 때문에 그와 관련해서 써야 할 글이 또 늘어납니다. 벼락치기를 하는 버릇 때문에 한 시기에 써야 할 글이 한꺼번에 몰리는 경우들이 잦기는 하지만, 어쨌든 써 내는 글의 양만 놓고 본다면 일 년 내내 매일매일 무언가 쓰고 있습니다. 그렇게까지 했는데도, 제 글쓰기가 보시는 바와 같습니다. 어떻게 해야겠습니까? 네, 결국은 이렇게 계속 쓰는 수밖에 없습니다. 그래야 겨우 하고 싶은 말을 어느 정도나마 할 수 있게 됩니다.

어쩌면 '난 인문학은 공부하고 싶지만, 굳이 글쓰기를 잘하고 싶은 건 아닌데' 하고 생각하실 수도 있겠습니다. 그런데 '인문학 공부를 잘하면서 글쓰기를 못하는 건' 불가능한 건 아니지만 어렵다고 보는 게 좋습니다. '인문학'은 무엇으로 이루어져 있을까요? '글'로 이루어져 있습니다. 내가 '글쓰기'를 제대로 해내지 못하면 '글자'를 읽을 수는 있어도 '글'을 어느 수준 이상으로 읽어 내기도 불가능합니다. 그러니까 '인문학 공부'를 하겠다면, 써야만 하고 쓸 수밖에 없습니다.

가령 저의 경우는 '차이'를 키워드로 짧은 에세이를 쓰려고 시도한 적이 있었습니다. 정말 유치하기 이루 말할 수 없는 A4지 한 페이지짜리 글을 써 보고서야 들뢰즈의 『차이와 반복』이 얼마나 대단한지 '제대로' 실감할 수 있었습니다. 책에 대한 글을 써 보아야만, 읽기만 해서는 느낄 수 없는 감각을 느낄 수 있습니다. 그리고 그런 실감을 하는 건 꽤 힘겹기는 하지만 대단히 큰 기쁨을 줍니다. 그 대단하고 위대한 책을 마주하고 있다는 감정, 내가 그것에 관해 어떻게든 내 언어로 된 글을 쓰고 있다는 느낌까지, 저는 그런 감정들이야말로 요즘 문제가 되는 '자존감'을 튼튼하게 만드는 데 큰 도움이 된다고 생각합니다. 일단은 제가 그랬습니다. 절대적인 생존에 관련된 문제를 빼고, 우리 삶을 괴롭게 만드는 가장 큰 요소는 자존감의 위축에서 온다고 저는 생각합니다. 그리고 그건 무엇보다 '생산'의 문제와 크게 결부되어 있습니다. 세미나는 말과 글, 그러니까 내 손으로, 내 힘으로 만들어 낸 무언가를 가지고 다른 사람과 만나는 일입니다. 거기서 좌절하게 될 수도 있지만, 기본적으로는 '자기'를 확대하고, 내 안으로 타자를 받아들이는 일인 셈입니다. 그 중추에 '글쓰기'가 있는 것이고요.

저는 모든 글쓰기는, 심지어 작가가 출간을 염두에 두고 쓰는 글조차, '연습'이라고 생각합니다. 그러니까 모든 글쓰기가 사실은 '연습'이라는 말입니다. 왜 그런가 하면, 어떤 사람이 쓴 글은 거기서 끝나는 게 아니라 다음에 쓸 글이 또 있기 때문입니다. 그러니까 죽기 전까지 우리는 계속 연습을 하는 셈입니다. 그리고 쓸 때마다 이전의 자기를 갱신해 가지요. 저는 지금 시점에서 10년 전에 제가 쓴 글들을 보면 천장에 납작하게 달라붙어서 그 누구의 눈에도 띄고 싶지 않은 심정이 되고 맙니다. 그런데 생각해 보면 그로부터 제가 꽤 성장했기 때문에 그런 감정을 느끼는 것입니다. 그 점은 부끄러움과는 별개로 기쁩니다. 만약 10년 전의 글에 그런 부끄러움을 느끼지 못한다면 그건 그것 나름대로 괴로운 일일지도 모릅니다. 그러니까 '글쓰기'에 부담을 갖지 않으셨으면 좋겠습니다. 그리고 쓰면 쓸수록 내가 자란다는 기분이 들기도 합니다. 기분뿐이어도 어떻습니까. 기분이 좋다는 것 하나는 건진 것 아니겠습니까!

12장

세미나

이후 ①

— '에세이'라는 작지만, 사실은 커다란 마침표

'에세이'란 무엇인가?

에세이는 '소논문'입니다. 다른 말로는 '소론'이라고도 하지요. 이와는 아예 다른 뜻으로 통용되기도 합니다. '수필'이지요. 이쪽이 사실은 더 일반적으로 쓰이는 의미입니다. 서점에 가서 보면 확실히 알 수 있습니다. '에세이'라고 이름 붙은 서가에 가 보면 '소논문'들이 있는 게 아니라 '수필집'들이 잔뜩 꽂혀 있습니다. 둘 사이에 어느 정도 통하는 면이 없지 않아 있기는 하지만, 우리가 하는 '세미나'에서는 일단 '소논문'이라는 의미로 사용됩니다. 어쨌든, '공부'이니까요. 그런데, 보통 세미나에서 '에세이를 쓴다'고 할 때는 수필적인 의미도 무시할 수 없습니다. 우리가 하는 '세미나'가 순전히 '학술적 목표' 아래에 있는 것이 아니기 때문입니다. 이건 세미나를 통해 제기되는 문제의 성질이 다르기 때문입니다.

예를 들어 대학원에서의 세미나라면 '칸트가 이런 말을 하는 의도는 무엇이며, 이 개념이 다른 저작들에서도 동일한 의미로 사용되는가?' 같은 문제가 중요합니다. 그걸 주제로 '논문'을 쓸 수도 있는 것이고요. 그런데 (대학원생이나 전문 연구자가 아니라는 의미에서) 우리가 하는 세미나에서는 그와 같은 질문을 던져 보는 것도 중요하지만, '칸트의 이와 같은 말이 내 삶에 어떤 의미를 가져올 수 있는가?' 같은 질문이 훨씬 더 중요합니다. 이 두 질문 간에는 어떤 차이가 있을까요? 그렇습니다. 학술적인 연구에서는 연구 중인 나와 내 삶의 의미가 상대적으로 덜 중요합니다. 그건 일단 '연구'가 어느 수준 이상으로 올라선 다음에 학술적인 연구와 별개로 해볼 만한 것이지요. 그런데 우리 세미나에서는 그 문제가 1차적인 중요성을 갖습니다. 바로 그 문제를 풀려고 '인문 고전'을 읽고 '세미나'를 하는 거니까요. 그런 식으로, 내 삶의 문제로 끌어올 수 없는 공부라면, 조금 과하게 말해서 그다지 할 필요가 없습니다. 우리가 인문학 공부를 '굳이' 하는 이유는 무엇보다 내 삶의 문제를 해결해 가는 모종의 '방향'을 찾기 위해서입니다.

그런데 한 가지 말해 두고 싶은 것은 제가 아는 한, 이른바 '고전'이라 이름 붙은 그 어떤 책이라도 '삶의 문제'와 관련해 무의미한 건 없다는 점입니다. 만약 거기에서 유의미한 어떤 것을 찾지 못한다면 그건 그 '책'의 문제라기보다는 '문제'를 찾아내지 못하는, 문제화하지 못하는 내 역량의 문제일 가능성이 더 큽니다.

어떻게 '에세이'를 쓸까? 1─경험담을 넘어서

'에세이'는 일정 기간 동안 치열하게 또는 널널하게 진행한 세미나에 찍는 마침표라고 할 수 있습니다. 거창하게 생각하면 그 기간 동안 내가 무엇을 배우고 사유했는가를 정리하는 글인 셈이지요. 그리고 거기에는 배움의 내용과 더불어서 그 공부가 나와 어떻게 작용했는지가 들어가야 합니다. 정말로 작용한 바가 없으면 지어서라도 만들어야 한다고 저는 생각합니다. 그렇게 지어서 만들어 놓는 중에 '작용'이 일어나는 셈이니까요. 주의해야 할 것은 이건 단지 '경험담'을 늘어놓는 것과는 다르다는 점입니다. 어떻게 다를까요? 이를테면 경험담은 이런 식입니다.

"예전에 하이델베르크를 여행한 적이 있었다. 칸트가 평생 살았다는 그 도시의 풍경은 위대한 철학자의 사유가 태어나기에 부족함이 없어 보였다. 이번에 『순수이성비판』 세미나를 하면서 다시금 그 풍경이 떠올랐다. '철학자의 길'을 산책하면서 칸트는 무슨 생각을 했을까?"

실제 공부한 것과는 아무 관련이 없는 내용들입니다. 심지어 사실 관계도 맞지 않고요. 설마 저렇게 쓴 에세이가 있을까 싶으실지도 모르겠지만, 실제로 드물지 않게 있습니다. 칸트는 고향 쾨니히스베르크(오늘날의 칼리닌그라드) 근방을 떠난 적이 없는 사람입니다만, 어째서인지 오늘날 한국에서는 칸트가 하이델베르크의 '철학자의 길'에서 산책한 사람으로 더 잘 알려져 있습니다. 칸트의 책을 읽으면서 자신의 여행담과 연관 짓는 것은 좋지만, 세미나 막바지를 정리하는 '에세이'로는 부적합합니다.

물론, 저렇게 써서는 안 되겠지만, 그렇다고 해서 저렇게 쓴 게 큰 잘못은 아닙니다. '글'이라는 건 내 생각을 기계적으로 옮겨 놓는 일이 아니기 때문입니다. 머리에서 나와 손을 타고 화면에 글자로 출력되기까지 엄청난 변환과 왜곡이 일어나기 때문입니다. '내가 이런 걸 쓰려고 했던 게 아닌데' 하는 그 이야기를 하려는 것입니다. 글을 써 본 경험이 많지 않으면 그런 일을 겪을 가능성이 매우 높아집니다. '잘 알지 못하는 것'에 대해 쓴다는 일이 주는 공포가 만들어 내는 일이지요. 그래서 정상을 향해 직진하지 않고, 이렇게 저렇게 둘레길만 걷다가 끝나고 맙니다. '경험담'을 늘어놓고 끝나는 에세이의 상당수가 그런 패턴을 밟습니다.

제대로 된 '에세이'를 쓰려면, 자신의 삶의 문제와 연관을 갖는 '에세이'를 쓰려면 무엇보다 텍스트로부터 획득한 '개념'을 파고들어야 합니다. 아래 예문을 보겠습니다.

"칸트의 인식론에서 가장 문제가 되는 부분은 무엇보다 '물자체'의 문제이다. 칸트에 따르면 우리는 우리의 감각에 들어온 것만을, 우리가 원래 가지고 있던 개념적 범주에 의거해서만 인식할 수 있고, '물자체'는 인식할 수 없다고 말한다. 나는 여기서 한 가지 의문이 생겼다. 그렇다면, 우리가 스스로 느끼는 '자기 자신에 대한 감각'과 본래의 우리 '자신', 그러니까 '나'의 '물자체'도 따로 있다는 말인가? 만약 나 자신에 대한 것이 아니라 '타인'에 대한 것이라면, 칸트의 논리에 따라 이해하는 것도 아예 불가능한 것은 아닌 듯하다. 그러나 역시 '자기 감각'에 대한 것에는 어딘지 모를 위화감을 느낀다."

이렇게 '물자체'라는 개념을 파고들면서 자기가 느끼고 생각한 바를 적어 나가야 세미나를 정리하는 '에세이'로 부족함이 없게 됩니다. 이것은 내 몸에, 내 생각에, 내 삶에 '개념'을 붙여 가는 일이기도 합니다. 어떤 철학을 이해한다는 것이 그 철학의 요체를 이루고 있는 개념들의 네트워크를 이해하는 것이라고 한다면, 이런 형태의 접근은 매우 유용합니다. 왜냐하면 단 하나의 개념이라도, 그것을 어느 수준 이상으로 이해하고 있다면, 최소한 그 개념에 대해 생각해 본 경험이라도 가지고 있다면, 텍스트에 등장하는 나머지 다른 개념들을 알아 가는 발판으로 삼을 수 있기 때문입니다. 그런 개념들을 많이 가지고 있을수록 자연스럽게 내 삶을 새롭게 해석해 낼 수 있는 역량도 커집니다.

어떻게 '에세이'를 쓸까? 2 — 세미나 과정을 돌아보기

그렇기 때문에, '에세이'를 쓰려고 할 때는 '도대체 뭘 어떻게 써야 하지?'라고 묻는 것보다, '어떤 개념을 가지고 쓸까?'라고 묻는 게 훨씬 효율적입니다. '뭘 어떻게'라고 물으면 질문부터 벌써 막연하기 때문에 세미나 텍스트만 뒤적거리면서 시간을 보내게 됩니다. 그러다가 정작 중요한 건 놓쳐 버리고 중언부언 반복하는 글로 민망하지 않을 정도의 분량을 채우기에 급급해지고 맙니다. 그것도 다른 관점에서 보면 의미가 아주 없는 일은 아니지만 말입니다.

　그와는 달리 '어떤 개념을 가지고 쓸까?'라는 질문은 이미 한 발 앞으로 나간 질문입니다. 이렇게 '질문'을 바꾸면 막연하게 세미나 텍스트를 뒤적거리는 일이 목표를 가진 탐색으로 바뀌게 됩니다. 그리고 에세이 쓰기까지 오게 된 과정, 그러니까 지난 세미나 과정들을 찬찬히 생각해 볼 수 있게 됩니다. 내게 큰 인상을 남겼던 문장, 강한 의문을 가졌던 개념들, 다른 세미나원이 제기했던 문제 등등. 일련의 세미나 과정을 떠올리게 되는 것입니다. 그렇게 찾아가다 보면 분명히 글로 쓸 만한 개념을 찾아낼 수 있습니다. 내가 굳이 그 '개념'을 고른 이유, 그 '개념'이 텍스트에서 어떤 위상을 가지고 있는지, 그 개념과 관련된 다른 개념들, 그 '개념'으로 포착할 수 있는 현실적인 문제들, 그 개념으로 재해석한 내 삶의 문제 등등. 일단 '개념'을 찾아내고 나면, 그것을 단초로 삼아서 세미나 텍스트를 재구성해 볼 수 있게 됩니다. 세미나를 마무리하는 '에세이'에는 이런 내용이 들어가 있어야 합니다.

이런 방법을 알고 있다고 하더라도 에세이 쓰기는 쉬운 일이 아니라는 건 틀림없습니다. 어려운 일이지요.

그 어려운 걸 왜 쓰는가?

그 어려운 걸 굳이 하는 이유가 무엇일까요? 그러니까 도대체, '에세이'를 왜 쓰는 것일까요? 질문을 조금 바꿔 보겠습니다. 에세이를 쓰면 뭐가 좋은 걸까요? 저는 '일부러 고생하려고 쓴다'고 생각합니다. 그리고 거기에 '세미나'라는 공부 방식을 지속시키는 힘이 있다고 생각합니다.

'일부러 고생한다'는 건 '공부'와 관련해서 대단히 중요한 점입니다. 출세나 합격, 통과와 상관없이 '인문학 공부'를 한다는 것도 결국엔 '일부러 하는 고생'에 가깝습니다. 하지 않아도 그냥 살아가는 데 별 지장이 없으니까요. 인문학 공부를 하지 않을 경우 인생에 큰 지장이 생긴다고 한다면 동네마다 '인문학 학원'이 생겼을 텐데 그렇지 않을 걸 보면 '인문학'은 무조건 해야만 하는 '필수과목'은 아닙니다. 그런데도 어떤 사람들은 그 공부를 자신의 직업, 조건과 상관없이 '굳이' 합니다. '에세이 쓰기'는 그렇게 '굳이' 하는 고생의 절정이라고 할 수 있습니다. 쓴다고 해서 누가 상을 주는 것도 아니고, 쓰는 시간을 시급으로 계산해 주는 것도 아닌데 온 힘을 다해서, 낑낑거리며 쓰고, 지우고, 쓰고, 지우고, 다시 쓰는 일을 하고 있으니까요.

어떤 에세이를 썼는가, 에세이의 수준이 어떠한가를 떠나서 그렇게 배우고 익힌 걸 고생하며 '글'로 써내는 그 과정 자체가 사실은 '에세이 쓰기'의 핵심이라고 할 수도 있습니다. 왜냐하면 그 힘들고 어려운 과정을 겪는 동안 내 신체가 비로소 공부하는 신체로 거듭나기 때문입니다. 쉽게 말하면 '공부의 맛'을 알게 되는 것입니다. 뭐가 되었든 간에 A4 용지 서너 장을 글자로만 채우는 경험을 하게 되면 묘한 쾌감이 있습니다. '성취감'이라고 부를 수도 있고, '카타르시스'라고 할 수도 있습니다.

어쨌든 그 감각은 어떤 '공부'의 과정을 짧게는 몇 주, 길게는 수개월을 거친 후에만 느낄 수 있는 감각입니다. 내가 그 공부로 어디까지 갈 수 있는지, 어디에서 멈출 수밖에 없는지 확실하게 알 수 있는 기회이기도 하고요. 저는 이 맛을 제대로 한 번 보고 나면 '공부'를 멈출 수 없게 된다고 확신합니다. 말하자면 '공부하는 몸'으로 다시 태어난 것이기 때문입니다. '에세이 쓰기'를 하지 않는 세미나도 충분히 좋기는 하지만, 기왕이면 '에세이'를 '굳이' 쓰는 편이 그렇게 다시 태어나기에는 더욱 좋습니다.

세미나를 하거나, 혼자서 하거나 공부를 계속 해오셨던 분들 이라면 '에세이 쓰기'를 통해 한 단계 더 성장하는 계기로 삼으시 면 됩니다. '글쓰기'라는 건 습관이 되기 전까지는 '굳이', '강제로' 쓰지 않으면 결코 늘지 않습니다. 쓰기로 약속이 되어 있는 글을 계속 쓰다 보면 어느 순간에는 글을 쓰지 않고선 '공부'를 한 것 같지 않은 데까지 가게 됩니다. 그리고 그다음에는 읽은 것에 대해 습관적으로 쓰게 되는 데까지 갈 수 있을 것이고요. 그렇게 일상이 '공부'로 채워지게 됩니다. 말씀드렸다시피, 일상이 바뀌면 삶이 바뀝니다. 그렇게 바뀐 삶은 바뀌기 전의 삶보다 더 나은 삶일 가능성이 매우 높습니다. 부디 함께 공부할 수 있기를 바랍니다.

13장

세미나

이후 ②

— '이해'보다 중요한 '통과'에 대하여

'이해'한다는 것

'이해'라는 말에는 두 가지 뜻이 함께 있습니다. '사리를 분별하여 해석'한다는 뜻과 '깨달아 알아듣는다'는 뜻입니다. 두 가지 의미 모두 어떤 '대상'을 가지고 있습니다. 사리를 분별하여 해석할 '대상', '깨달아 알아들을 대상'이 있는 것이지요. 이 말은 곧, 그 '대상'의 내용을 재현하는 것과 연결됩니다. 책을 읽었다고 한다면 읽은 내용을 스스로에게 재현할 수 있는 것, 이게 바로 통상적으로 사용되는 '이해'의 의미입니다. 우리가 지금까지 알고 있었던 '공부'란 대개 그런 것이었습니다. 배운 내용을 얼마나 잘 재현해 내느냐의 문제인 것입니다.

이런 식의 '이해' 개념이 가진 문제점과 어쩌면 그러한 '이해' 보다 더 중요한 것이 있다는 이야기를 지금부터 하려는 참이기는 하지만, 저는 그와 같은 재현적인 이해도 정말 중요하다고 생각합니다. 읽은 내용을 고스란히 재현해 낼 수 있을 정도로 텍스트를 잘 파악하고 있다는 건 그 자체로 대단한 일이니까요. 게다가, 이른바 '창의성'이라는 것도 그러한 '숙련'과 결부되어 있다고 저는 생각합니다. 왜냐하면 '비판'(critic)이란, 텍스트의 어디에 무엇이 있고, 그 이야기가 어떤 맥락 속에서 나왔으며, 화자가 그런 이야기를 하는 의도가 무엇인지 꿰고 있는 가운데에서 시작되는 것이기 때문입니다. '창의성'이라는 것이 이전에 없던 새로운 무언가를 창조하는 능력이라면, '비판'은 바로 그러한 '이전에 없던 새로운 것'을 만드는 출발점인 셈입니다. 알지 못하는 상태, 그러니까 제대로 재현해 내지 못하는 상태에서는 제대로 된 '비판'을 할 수 없습니다. 그걸 하지 못하면 '새로운 어떤 것'도 만들지 못합니다. 그런 점에서 보자면 '이해'는 공부의 첫번째 목표이자, 창조의 출발점임에 분명합니다. '공부'를 한다는 건 무엇보다도 '이해하기 위해 노력하는 것'입니다.

'노력하는 것'과 '매몰되는 것'의 차이

그런데, 문제는 바로 그 '이해' 속에 매몰되는 것입니다. '이해하기 위해 노력한다'와 '이해에 집착하여 매몰된다'는 개념적으로는 종이 한 장 차이지만, 실제로는 엄청난 차이를 낳습니다. 무엇보다 '이해'하는 것에 매몰되면 '정답'이라는 가상을 쫓게 됩니다. 흔히 하는 말처럼 '인문학'에는 '정답'이 없습니다. 그리고 어떤 점에서는 역사상의 위대한 철학자나, 그걸 읽고 있는 자기 자신이나 위계적인 차이도 없습니다. 모두가 좁은 의미에서든, 넓은 의미에서든 '진리'를 쫓는 '학인'이고 '해석자'일 따름이니까요. 그런데 '이해'하는 일에 집착하는 순간 위계가 생기고 맙니다. 그렇게 되면 자기도 모르는 사이에 누구누구의 사상을 이해하는 데 꼭 맞는 '정답'이 있고, 그 '정답'을 찾아내 외우려고 합니다. '누구누구의 윤리관 : 선/악은 상대적' 이런 식의 요점 정리 노트를 만들고 마는 것입니다. 물론 그것도 어느 정도는 필요합니다. 문제는 그 '요점'이 '정답'이 아니라는 데 있습니다. 읽는 사람에 따라서 완전히 다른 '요점'을 만들어 낼 수도 있습니다. 그런 식의 서로 다른 성질의 '요점 정리'가 무수히 많을 수도 있고요. 말하자면 이건 해석의 문제인 셈입니다.

'이해하려고 노력한다'는 건 전혀 다른 양상을 보입니다. 똑같이 '요점'을 정리해서 외운다고 하더라도 늘 다른 '가능성'을 염두에 둡니다. 왜냐하면 이건 사람 간의 '대화'와 비슷한 것이기 때문입니다. 우리는 애정을 가진 상대방의 말을 '이해'하기 위해 애

씁니다. '지금 쟤가 한 말이 이 뜻인가? 아니면 다른 뜻인가? 이런 저런 상황을 고려해 보면 이 뜻인 것 같은데' 하는 식으로 그 말을 듣는 것처럼, 인문 고전 텍스트를 읽을 때에도 이런 태도가 필요합니다. 이 사람이 하는 말이 이 뜻인지 저 뜻인지, 다른 가능성은 없는지, 여러 가능성들 중에서 가장 타당한 것은 무엇이며 그 이유는 무엇인지, 가장 타당하지는 않지만 가장 참신한 가능성은 무엇인지 같은 것들을 생각해 보아야 하는 것입니다. 물론, 어렵고 낯선 텍스트를 처음 마주하면서 그렇게 읽어 가기란 결코 쉬운 일이 아닙니다. 글자를 쫓는 데에만 급급할 수도 있습니다. 그렇지만, 그렇다고 하더라도 그 이상의 읽기를 항상 염두에 두고 있어야 합니다. 그래야 알 것도 같은 문장에 멈췄을 때, 말씀드린 것과 같은 여러 가능성들을 떠올릴 수 있는 여지가 생깁니다.

'인문학에는 정답이 없다'는 말의 의미는 이런 것입니다. 더 높은 설득력을 가진 해석이 있을 수는 있지만, 모든 경우에 딱 맞는 해석, 틀릴 가능성이 없는 해석은 없다는 의미입니다. 더불어서, 텍스트에는 다양한 해석의 가능성들이 잠재되어 있는데, '읽기'란, '세미나'란, '공부'란 바로 그 다양한 해석의 가능성들을 발굴해 내는 작업인 것입니다. 세미나를 하다 보면, 마치 참고서를 읽듯 텍스트를 읽는 분들을 종종 만나게 됩니다. 그렇게 텍스트를 읽는 것은 조금 심하게 말해서 텍스트의 생명력을 제거하는 행위와 다르지 않습니다. 어떤 권위 있는 해석일지라도 결국은 '잠정적인 해석'일 수밖에 없습니다. 그렇게 생각하시고, 조금 마음을 놓고, 읽어 가면 좋겠습니다.

———

어쩌면 '통과'가 더 중요할지도

큰 산이 있다고 가정해 봅시다. 한두 달 정도 매주 한 번씩 그 산의 정상을 오른다고 하면 대략 여덟 번에서 열 번 정도 그 산의 정상에 오른 셈이 됩니다. 그것으로 그 산을 '알았다'고 할 수 있을까요? 아시다시피 '산'은 계절에 따라 다르고, 오르는 길에 따라 다르고, 날씨에 따라 다릅니다. 인문 고전 텍스트도 마찬가지입니다. 강의 몇 번, 세미나 몇 번에 그 책을 '안다'고 말하는 건 사실 어불성설입니다. 그 책을 '이해'한다는 건 어디까지나 잠정적으로 이해한다는 의미입니다. 다시 말해, 내가 읽은 만큼, 내가 그에 대해 알려고 한 만큼, 딱 거기까지만 알 수 있는 것이지요.

대부분의 인문 고전 텍스트들은 한 사람의 평생을 걸어도 될 만큼의 잠재성을 가지고 있습니다. 세상에 나온 지 수천 년이 지난 텍스트들이 여전히 '연구'되고 있다는 것만 생각해 봐도 그 깊이와 넓이가 어느 정도인지 가늠할 수 없습니다. 그러면 앞으로 수천 년 동안 더 연구되면 그 책들이 가진 잠재성이 모두 펼쳐지게 되는 것일까요? 그것도 그렇지 않습니다. 물론, 어느 시점에 가면 더 이상 연구되지 않는 책들이 있을지도 모릅니다만, 그렇다고 하더라도 또 다른 시점에 가면 다시금 활발하게 연구될 가능성은 여전히 남아 있을 겁니다. 그러니까, 어느 책이 가진 잠재성이란 다 파먹고 나면 끝나는 성질의 것이 전혀 아니라는 이야기입니다.

산에 오르는 것과 같습니다. 컨디션이 좋은 날과 그렇지 않은 날 내게 경험되는 '산'이 완전히 다른 것처럼, 생의 어느 시점에 그 책을 만나는지, 심지어 그날 아침에 무엇을 먹고 만나는지에 따라 다른 책이 될 수도 있는 것입니다. 이 말이 의미하는 것은 무엇일까요? 그것은 그 책을 단번에 읽고, 바로 그 자리에서 어떤 식으로 '이해'했다고 하더라도 그것으로 끝나는 것이 아니라는 의미입니다. 반대로 만족할 만한 '이해'에 이르지 못했다고 하더라도 그것으로 끝이 아닌 것이지요. 그래서 저는 어떤 책을 두고 공부를 할 때는 그 책을 '이해'하는 것보다, 이를테면 '통과'해 가는 것이 더 중요하다고 생각합니다. 쉽게 말해서 당장에 이해가 되지 않는다고 하더라도 일부러 고생해 가며 붙들고 끝까지 가 보는 것이 중요하다는 말입니다. 그러다가 어느 순간 눈에 들어오는 문장이 많아지고, 그 문장들과 내가 작용하는 경험들이 쌓여 가게 될 수도 있습니다. 도저히 의미를 알 수 없었던 문장이 문득 설거지를 하다가 이해되는 경우도 있을 수 있고요. 말하자면, '공부'는 내 인생과 서로 상호작용을 하면서 나 자신과 함께 공진화해 가는 것이기도 합니다. 어떤 계기에, 어떤 식으로 이해되고 작용할 수 있게 될지 알 수 없습니다. 우리가 할 수 있는 건 매번 새롭게 주사위를 던져 보는 것뿐입니다.

그렇게 보면 누가 나보다 더 잘 알고 많이 아는 것처럼 보인다고 하더라도 거기에 열등감을 가질 필요가 없습니다. 그 시점에서 그의 '해석'이 좀 더 강한 힘을 발휘하는 것뿐이니까요. 공부는 보다 넓고 긴 지평에서 보면 그와 나의 차이는 그다지 크지 않습니다. 물론 그 시점에서 더 강한 힘을 발휘하고 있다는 사실 자체는 존중해 주어야 하는 것이지만요. 그러니까 그 모든 것을 고려했을 때 우리는 모두 '공부' 앞에 평등합니다. 저마다 조건의 차이는 있을지언정 결국에는 우리 모두, 역사상의 유명한 사상가, 철학자들까지 포함한 우리 모두, 결국에는 이 세계와 이 세계 안에서의 삶을 배우는 사람들이기 때문입니다.

'세미나'란 바로 그 사람들을 만나는 장소입니다. 굉장히 특별한 장소입니다. 시공간을, 살아온 내력을, 계급을, 나이를, 성별을 초월해서 '공부'라는 키워드로 '학인'들이 모인 장소니까요. 세상에 이런 식으로 사람을 만날 수 있는 곳이 또 있을까 싶습니다.

그렇게 서로 모르는 사람들이 모여서 기를 쓰고 한 권의 책을 읽어 갑니다. 명시적으로 정해진 공통의 목표가 있는 것도 아닙니다. 그저 각자의 앎을 끌어올리는 것만이 중요할 뿐입니다. 실제 세미나를 하다 보면 문득문득 미묘한 해방감 같은 걸 느낄 때가 있습니다. 이런저런 걱정들이 차지하고 있던 자리에 '앎'과 그에 대한 열망이 채워지는 순간이지요. 그때는 정말로 무언가 초월했다는 느낌을 받곤 합니다. 그렇다고 '현실'이 달라지는 건 아니지 않느냐는 의문이 드실 수도 있지만, 그런 일이 지속적으로 반복되면 현실이 바뀌기도 합니다. 다른 말로는 '욕망'이 바뀐다고 할 수 있습니다. '공부'가 현실에서 가장 중요한 문제가 되면 말 그대로 '현실'이 바뀌는 것 아닐까요? '공부로 인생역전' 한다는 건 공부를 발판 삼아 출세한다는 의미가 아니라, 말 그대로 인생의 성질을 바꾸는 일이라고 믿습니다. 어떻습니까? 공부, 하고 싶지 않으신가요?

부록

'온라인 세미나'는
어떻게?

【부록】'온라인 세미나'는 어떻게?

온라인 vs 오프라인

코로나 사태가 '세미나 모임'에 가져온 가장 큰 변화는 '비대면 세미나'의 일반화입니다. 그도 그럴 것이 대개의 세미나가 4명에서 10명 내외의 인원으로 구성되어 있는 경우가 많아, 집합금지 기준 인원을 초과하거나 아슬아슬하게 적거나 하기 때문입니다. 기준 인원을 초과하지 않더라도 어떻게든 모이지 않는게 좋은 상황이다 보니, 인원이 많든 적든 '비대면 온라인 세미나'로 전환된 경우가 많기도 하고요.

'비대면', '대면'이라는 말도 생각해 보면 재미있습니다. 이전까지는 '대면 세미나'라는 말 자체가 없었죠. 그 말은 '비대면'이라는 말과 함께 생겨난 말입니다. 이전까지 '세미나'를 한다고 하면 대부분은 어느 날 어느 시간에 모여서 서로 얼굴 마주 보며 하는 것만 있었습니다. 그런데 '코로나 사태' 이후에는 '온라인 세미나'라는 선택지, 어떤 의미에서는 상황에 의해 강제된 선택지만 남은 셈입니다. 그래서 기존에 세미나를 해 왔던 사람들은 모종의 '그리움'이랄지, '향수'랄지 그런 것을 담아 '대면 세미나 하고 싶다' 같은 말들을 하기도 하는 것이고요. 그런데 이렇게 생각하면 '온라인 세미나'(비대면 세미나)는 '오프라인 세미나'(대면 세미나)의 조금 모자란 버전이 되고 맙니다. 말하자면, '오프라인 세미나'를 기준으로 '온라인 세미나'를 평가하기 때문입니다. '만나서 할 때는 이럴 수 있었는데, 온라인으로 하니까 그게 안 돼'라거나, '온라인 세미나가 어쩐지 더 힘든 것 같아' 같은 반응이 나오는 것은 그 때문이죠.

그런데 저는 '온라인 세미나'가 어쩔 수 없이 주어진 조건이라고 한다면, 그 안에서 잘할 수 있는 방법을 찾고 그것만이 가진 '특이성'을 긍정해 내야 한다고 생각합니다. 그러니까, '대면 세미나'와의 비교 속에서만 '온라인 세미나'를 대하다 보면, '온라인 세미나'는 '대면 세미나'의 '부족한 대안' 이상의 것이 될 수 없습니다. 당장 한두 달 안에 이전으로 돌아갈 수도 없고, 이와 같은 사태가 이번 한 번으로 끝나리라는 보장도 없는 마당에 계속 '부족한 대안'에 머물러 있는 건 불행한 일입니다. 차라리 '온라인 세미나'만 가질 수 있는 긍정적인 지점들을 찾아내는 형태로 발상을 바꿔 보는 건 어떨까요?

생각을 거꾸로 해보면, 그러니까 '온라인 세미나'를 기준으로 '대면 세미나'를 평가해 보면 똑같이, 마찬가지로 '대면 세미나'의 여러 한계들을 찾아낼 수 있을 겁니다. 이렇게 놓고 보면 무엇보다 시간과 장소에 제약을 받는다는 점이 '대면 세미나'의 큰 단점이 됩니다. 만약 안정적인 세미나 공간을 확보하지 못해서 세미나를 할 때마다 매번 카페를 바꿔 가며 모여야 했던 세미나팀에게는 '온라인 세미나'가 오히려 더 좋은 대안이 될 수도 있습니다. 그리고 이건 저도 실제로 '온라인 세미나'를 해보고서야 깨닫게 된 장점입니다만, '온라인 세미나'는 그 속성상 좀 더 충실한 세미나 준비를 필요로 합니다. 그러니까 '공부'를 열심히 한다는 측면에서 보았을 때는 '온라인 세미나'가 어쩌면 더 나을 수도 있습니다.

결국 지금 필요한 일은, '온라인 세미나'를 할 수밖에 없는 조건을 인정하고, 어떻게 하면 그 조건에 적합한 세미나의 형식을 찾을 수 있을지 고민해 보는 것입니다. 그리고, 그 경험을 토대로 '노하우'를 쌓아 둔다면, '대면 세미나'를 재개할 때에도 큰 도움이 될 수 있지 않을까 생각합니다.

온라인 세미나 준비

'온라인 세미나'를 한다고 할 때, 가장 먼저 준비해야 하는 건 아무래도 사용할 서비스를 정하는 일입니다. 대개는 '줌'(zoom: https://zoom.us)을 사용하기는 하지만, 세미나 참가자들이 더 많이 사용하는 어떤 서비스를 사용하셔도 큰 상관은 없습니다. 어차피 본격적인 세미나 모임에서 필요한 건 각자의 얼굴과 말(言), 발제문과 텍스트 정도이기 때문입니다. 오히려 '준비'가 필요한 건 따로 있습니다.

1) '진행자' 정하기

대면 세미나에도 대부분은 '진행자'가 있습니다. 그런데 '진행자'가 따로 없는 경우도 있습니다. 세미나 참자가들의 팀워크가 좋거나, 자발적으로 '진행'을 분담할 경우에는 별도의 '진행'이 필요하지 않습니다. 누군가 '세미나를 하자'고 제안해서, 그 사람을 중심으로 모인 세미나라면 처음 제안한 사람이 진행자가 되는 경우가 많고요. 그런데 만약 '온라인 세미나'를 하기로 했다면, 심지어 '진행자' 없이 '대면 세미나'를 했던 경험이 있더라도, 확실하게 '진행자'를 정해 두는 것이 좋습니다. 왜냐하면,

'대면 세미나'에서 체험되는 입체적인 모든 것들이 '온라인 세미나'에서는 하나의 평면(모니터) 안에 들어와 있기 때문입니다. 그 안에서는 '자연스러운 흐름'이 '자연적'으로 발생하기가 훨씬 어렵습니다. 말을 하다 보면 서로의 음성이 맞물리는 경우도 있고, 그 때문에 말을 아끼다 보면 전체가 정적에 휩싸이기도 합니다. 물론 세미나가 계속 진행되면서 팀워크가 올라오면 그런 경우는 확실히 줄어들기는 합니다만, '흐름'이 끊어질 위험은 안고 있다고 보아야 합니다. 또 그 '흐름'을 다시 회복하는 것이 '대면 세미나'에 비해 어렵습니다. '진행자'가 있으면 그런 위험을 최소화할 수 있습니다.

'진행자'는 무엇을 해야 할까요? 일단, 음성이 서로 맞물릴 때 적절히 발언 순서를 배분해야 하고, 화면 전체가 정적에 휩싸일 때는 '질문'을 던져야 합니다. 사실은 두번째 말씀드린 역할이 '진행자'에게는 가장 중요합니다. 세미나에서 '정적'은 경우에 따라 서로 싸우는 것보다 나쁘기 때문입니다. 주의해야 할 건 이때 진행자가 정적을 깬다고 자기의 발언을 하는 건 자칫 '세미나'를 '강의'로 만드는 역효과를 내기도 한다는 점입니다. 어찌 되었건 세미나 진행을 한다는 건 다른 참가자들에 비해 세미나 주제에 대한 공부를 조금이라도 더 충실하게 해야 한다는 것을 의미하고, 그 말은, 세미나팀 안에 '준비의 불균형'이 생길 여지가 더 커진다는 뜻이기도 합니다. 당연히 준비를 더 많이 한 사람이 할 말이 많은 법입니다. 그 상태로 세미나가 계속 이어진다면, 더 아는 사람이 더 많이 말하는 것을 넘어 더 아는 사람'만' 말하는 상태가 고착되어 버릴 수 있고요. 그러면 세미나를 하는 의미가 사라집니다.

따라서 '진행자'는 '정적'에 휩싸인 세미나팀에 이를테면 새로운 '땔감'을 넣어 주는 사람이어야 합니다. 그렇기 때문에 정적을 깨는 말은 '질문'으로, 다른 참가자들의 발언 욕구를 자극할 수 있는 것으로 구성하는 것이 좋습니다. 그래도 잘 안 되면, 아예 답변할 사람을 정해 놓고 "○○님은 이 문제에 대해서 어떻게 생각하세요?"라고 물을 수도 있습니다. 물론, 그 문제에 대한 '답'이 나오고, 또 정적에 휩싸일 수도 있기는 하지만, 그때마다 다시 시도해야 합니다. 부담이 많이 걸리는 일입니다.

그래서 세미나 인원수에 따라 '진행자'를 복수로 둘 수도 있습니다. 대략 세미나 인원을 최대 10명이라고 할 때(10명보다 많다면 차라리 팀을 나누는 편이 좋습니다), 5명당 1명씩 진행자를 두는 게 좋습니다. 무슨 말인가 하면, 5명이 세미나를 한다고 한다면 진행자는 1명, 10명이 한다고 한다면 2명으로 진행자를 두시라는 말씀입니다. 세미나를 따로 하고 그런 건 아니고, 10명이 동시에 한다는 가정입니다. 2명은 되어야 진행자가 숨을 돌리면서 세미나를 진행해 갈 수 있습니다.

2) (대면 세미나보다) 꼼꼼하게 준비하기

'온라인 세미나'는 대부분 각자 집에서 참가하는 경우가 많습니다. 세미나 중에는 각자 모니터를 보고 있는 상태고요. 이때 누군가 발언을 하는 중이라고 가정하면 어떨까요. 세미나 참가자 전원의 시선이 그 어떤 방해도 받지 않은 상태에서 발언 중인 사람에게 집중됩니다. 왜냐하면 사람들이 '모니터'를 통해 '발언자'를 보고 있기 때문입니다. '발언자' 입장에서는 '모니터'가 나를 보고 있는 것이고요. 모니터와 사람 사이의 거리는 멀어봐야 1미터에 불과합니다. '대면 세미나'라면 텍스트에 시선을 두는 사람도 있고, 때마침 날아든 문자메시지를 확인하는 사람도 있고, 하다못해 잠깐 다른 생각을 하고 있을 수도 있고, 그런 각자의 상태들을 발언 중인 사람이 쉽게 파악할 수 있고, 사람 사이의 거리도 멀고, 각자의 몸이 바라보는 각도도 다르게 마련입니다. 말하자면, 훨씬 덜 부담스럽습니다.

그런데 '온라인 세미나'는 그 모든 일들이 화면 너머에서 똑같이 일어나고 있다고 하더라도 훨씬 더 부담스럽습니다. '발언자'는 다른 세미나원들이 1미터 앞, 그러니까 모니터가 있는 자리에서 자신을 보고 있는 것 같은 기분을 느끼기 때문입니다. '모니터'와 '랜선'을 통해 매개되기는 하지만, 어떤 점에서 보자면 '대면 세미나'보다 더 직접적인 느낌이 '온라인 세미나'에는 있습니다. 당연히 이러한 점은 세미나 시작부터 끝까지 집중력을 유지해야 한다는 부담으로 작용합니다. 그것도 평소에 내가 휴식을 취하는 내 방 안에서 말이지요. 실제, '온라인 세미나'를 하다 보면 '대면 세미나보다 훨씬 더 힘들다', '하고 나면 기가 빨리는 것 같다' 같은 반응을 자주 접합니다. 왜 그럴까 생각해 보면, 말씀드린 바와 같은 '직접성' 때문이 아닌가 생각합니다.

그런데, 역설적으로 저는 이게 '온라인 세미나'가 갖는 가장 큰 특이성이라고 생각합니다. 잘만 하면 '대면 세미나'에서는 힘들게 도달해야 하는 상태, 그러니까 '집중도가 높아진 상태'에 '온라인 세미나'는 상대적으로 쉽게 다다를 수 있습니다. 게다가 '줌'의 '갤러리뷰'를 예로 들자면 화면에 출력되는 다른 사람들의 면적이 동일하기 때문에 미묘하게 참가자들의 '역량'이 균등해 보이는 효과까지 있습니다. 그 점도 '서로가 서로를, 자신이 자신을 가르친다'는 세미나의 '이상'에 잘 부합하는 것 아닌가 하는 생각이 들기도 합니다. 물론 참가자 각자의 체력에서 손해가 나는 부분이 있기는 하지만, 앞서 말씀드렸던 것처럼 세미나란 원래, '굳이 하는 고생' 아니겠습니까? 그래서 오히려 이

점을 참가자들이 잘 이용해야 한다고 생각합니다.

어떻게 이용해야 할까요? 대답은 생각보다 단순합니다. '세미나 준비', 그러니까 '공부'를 보다 꼼꼼하게 하시면 됩니다. '공부'를 많이 하면 할수록 세미나에 보다 더 '집중'할 수 있게 됩니다. 거기에 더해, 실제 세미나 상황을 가정하면서 '할 말'과 '질문'을 준비하신다면 더욱 좋습니다. 그리고 집중도가 높은 '온라인 세미나' 속에 그것들을 쏟아냅니다. 말하자면 수동적으로 '기를 빨리'지 마시고, 능동적으로 '기를 불어넣는다'고 생각하시면 됩니다. 이 입장의 차이는 생각보다 큰 결과의 차이를 만들어 냅니다. 무엇보다 '비대면 세미나'를 '대면 세미나'의 결여된 상태로 보지 않고, 그 자체로 긍정할 수 있게 됩니다. 더불어, 하고 계신 '세미나'의 '공부'를 긍정할 수 있게 해주기도 하고요. 그러니까 결론은 하나입니다. '공부'를 열심히 하자. 그게 잘 안되면 그 '조건'을 만들자. 그것도 잘 안되면 '마음'이라도 바꾸자는 겁니다.

3) 자료를 모아 두는 온라인 공간 확보

이건 다른 게 아닙니다. 세미나에서는 다양한 글들이 생산됩니다. 발제문, 후기, 에세이, 메모 등 이 모든 글을 메신저 앱이나,

메일로만 주고받는 건 대단히 비효율적일뿐더러, 세미나가 어떻게 진행되어 왔는지 한눈에 알아볼 수 없게 됩니다. 특히 '온라인 세미나'의 경우엔 각자 사전 준비를 꼼꼼하게 해야 하고, 진행자가 세미나 전에 세미나의 흐름을 미리 예상해야 하기 때문에 한 공간에 그날 공유해야 할 글을 모아 두어야 합니다. 포털 사이트의 커뮤니티 서비스를 사용하시는 걸 추천합니다. 원하는 대로 '게시판'을 만들 수 있기 때문에 '세미나 주제' 단위로 글을 모을 수 있고, 게시판 목록을 보면 우리가 어떻게 세미나를 해왔는지 한눈에 볼 수 있습니다. 이 부분은 '대면 세미나'든, '온라인 세미나'든 꼭 준비해 두시는 게 좋습니다.

온라인 세미나에서 주의해야 할 점

'온라인 세미나'의 가장 큰 문제는 '세미나' 자체보다, '세미나' 바깥에 있습니다. '세미나'는 '공부'에 기반한 '네트워크'이기 때문입니다. '네트워크'란 결국 '관계'에 다름 아닙니다. 컴퓨터와 컴퓨터가 연결된 관계라면 별문제 없겠지만, 이 관계의 끝에는 결국 '사람'이 있기 때문에 문제가 생깁니다. 염두에 두셔야 할 점은 그 문제들은 최소화할 수는 있어도 결코 없앨 수는 없다는 점입니다. 그러니까 '무조건 생긴다'는 걸 미리 알고 계셔야 합니다. 따라서 여기서 말씀드리는 것들은 문제를 없애는 법이 아니고, 최소화하는 방법입니다.

1) '규칙'을 철저하게 지킨다

사람이 모여서 공통의 활동을 하는 모든 곳에는 명시적이든, 암묵적이든 '규칙'이 있게 마련입니다. '세미나'도 마찬가지죠. 어디에나 있을 법한 공통의 규칙이란 '시간을 잘 지키자', '발제문, 후기 등 써야 할 글을 꼭 써 오자', '다른 사람의 말을 끊지 말자' 같은 것들일 겁니다. '온라인 세미나'라고 해서 특별히 다를 것은 없습니다.

그런데, 한 가지 다른 점은 말씀드린 기본적인 규칙들을 더욱 잘 지켜야 한다는 점입니다. 왜냐하면, '비대면'이라는 조건 때문에 그렇습니다. 서로 직접 만나지 않고 '온라인'을 통해 맺는 관계는 구속력이 상대적으로 약할 수밖에 없습니다. '구속력'이 약하면 어떻게 될까요? '발제문'을 써 가야 하는 날, 다른 핑계를 만들어 빠져 버리고 마는 일이 생깁니다. 그날의 세미나가 망하는 건 당연한 것이고, 가장 큰 문제는 규칙을 지키지 않은 사람이 '세미나'로 돌아갈 수 없게 됩니다.

'시간'도 마찬가지입니다. '시간'은 어느 경우에나 잘 지켜야 하는 것이기는 하지만, '온라인'이기 때문에 더욱 잘 지켜야 합니다. 특히 쓰기로 한 글을 올리는 시간은 더욱 잘 지켜야 합니다. 세미나가 대개 '발제문'을 중심으로 진행되기 때문에, 세미나 참가자들이 미리 발제문을 읽고 숙지해야 하기 때문입니다. '대면 세미나'에서라면 현장에서 발제문을 읽어 가면서 세미나를 진행해도 큰 무리가 없지만(그래도 가급적이면 '발제문'은 세미나 전에 참가자들에게 공유되는 게 좋습니다) '온라인 세미나'에서는 '발제문'을 읽다 보면 한없이 세미나가 늘어지게 됩니다. 가뜩이나 화면을 통해 들어오는 다른 사람에 대한 정보(표정, 목소리, 몸짓 등)가 적은 마당에 '발제문'을 읽는 시간 동안에는 주의를 분산해야 하기 때문입니다. 다시 말해, '세미나'의 밀도가 떨어집니다. 따라서, '온라인 세미나'에서는 꼭 읽어야 하는 경우가 아니라면, '발제문'은 미리 숙지하고 진행하는 게 유리합니다.

그리고 또 한 가지, 정말 특별한 경우가 아니라면 세미나를 하는 동안에는 카메라는 켜두어야 합니다. '선생님'의 말씀을 듣는 '강의'처럼 이야기가 한 방향으로만 흐르지 않을 뿐만 아니라,* 듣는 사람으로 하여금 내 말과 표정, 몸짓을 함께 전달해야 하기 때문입니다. 말하자면 이건 '공부'를 바탕으로 '교감'하는 일입니다. 내 얼굴을 보여 주지 않는 '온라인 세미나'라면 차라리 안 하시는 편이 좋습니다.

2) 온라인 뒤풀이라도 한다

가장 간단한 예로는 '온라인 세미나'에는 흔히 말하는 '뒤풀이'가 없는 경우가 많습니다. 그러면 '뒤풀이'가 책임지고 있던 특정한 기능이 공백으로 남게 됩니다. '뒤풀이'의 기능엔 뭐가 있을까요? 미리 밝혀 두자면, 사실 저는 '뒤풀이'를 딱히 좋아하는 편은 아닙니다. 오히려 '뒤풀이'를 '세미나를 잡아먹으려는 괴물'이라고까지 생각하기도 합니다. 주객이 전도되는 사례를 한두 번 보아 온 게 아니기 때문입니다. 그런데, 그럼에도 불구하고 '뒤풀이'의 기능까지 부정하지는 않습니다. 그 기능이란 다름 아니라 '잔여의 해소' 기능입니다. '세미나' 역시 사람과 사람

---

* 저는 '강의'여도 '말하는 사람(강사)'에게 '듣는 사람(수강생)'의 얼굴을 보여 주어야 한다고 생각합니다. '교감'의 강도가 낮을 뿐이지 '강의'도 상호작용을 통해 '앎'을 구하는 일이기 때문입니다.

사이의 '관계'에 기반하고 있는 것이라면 필연적으로 모종의 '잔여들'이 발생할 수밖에 없습니다. 그 잔여들이란 대개 '감정들'이고요. 예를 들면 세미나에서 하고 싶었던 질문이 있는데 타이밍을 못 맞춰서 하지 못하고 지나갔다거나, 다른 참가자의 말에서 뭔가 번쩍 하는 걸 느꼈는데 그 부분에 대한 이야기를 좀 더 깊게 하지 못했다거나, 진행자의 진행 방법에 대해 하고 싶은 말이 있는데 세미나 주제와는 동떨어진 것이어서 말을 못하고 있다거나 하면, 당연히 마음속에 '감정의 잔여들'이 쌓이게 됩니다. '뒤풀이'에는 그런 것들을 해소하는 기능이 있습니다. 또, 뒤풀이에서 자신의 말들을 실험해 보고 그게 다른 사람의 공감을 얻으면 그걸 기반으로 '세미나'에 더 적극적이 될 수도 있는 것이고요. '온라인 세미나'는 이 문제들을 놓치기가 아주 쉽습니다.

그런 '잔여'들이 쌓이다 보면 당연히 '세미나'에 악영향을 줍니다. 따라서 꼭 그러한 감정들을 해소할 수 있는 시간을 만들어 두는 것이 좋습니다. 방법은 여러 가지가 있을 수 있습니다. 세미나를 4회 하면, 다음 주는 지난 시간들을 평가해 보는 시간을 갖는다든지, 아니면 아예 '말하지 못한 것들 말하기'를 주제로 시간을 할당할 수도 있습니다.

온라인 세미나 이후

저는, 2021년 현재는 '코로나 사태' 때문에 '온라인 세미나'를 하고 있지만, 나중에 '대면 세미나'가 가능해지는 상태로 돌아가더라도 '온라인 세미나'의 장점들을 활용해 볼 수 있지 않을까 생각해 보곤 합니다. 이 형식이 가진 장점이 분명히 있으니까요. '대면 세미나'에서는 서울에 있는 사람과 부산, 광주에 있는 사람이 매주 한 자리에 모여 세미나를 하는 것은 불가능하지는 않지만, 대단히 어렵습니다. '온라인 세미나'라면 가능합니다. 이를테면, 이런 '세미나'를 구상해 볼 수도 있습니다. 본 세미나는 온라인으로 하고, 한 달에 한 번씩 대면하여 '말하지 못한 것들을 말하는 시간'을 가질 수도 있고, 맨 마지막 시간에 '에세이 발표'만 대면하여 할 수도 있고요. 아니면 '대면 세미나'를 기본으로 하고, 부족한 부분이 있어서 보충이 필요한 사람들은 온라인으로 만나는 식으로 말이지요. 얼마든지 두 가지 형식을 활용할 수 있습니다. 어떤 식으로든 '공부의 네트워크'라는 점만 염두에 두고 있으면 됩니다. 부디 마음껏 상상력을 발휘하시길!

알라딘 북펀드에 참여해 주신 분들

JIANG YIYING	강민혁	강재구	강지인	고혜령
공지나	구대만	구윤호	구자옥	권오길
권이현	금미향	김가을	김건하	김규원
김근영	김기식	김미영	김미진	김미화
김민채	김병석	김상훈	김서룡	김석영
김성심	김소연	김수연(2)		김수진
김양선	김영수	김유진	김재형	김정선
김주란	김지혜	김진	김진환	김진휘
김한글	김해완	김흥기	남건우	남궁진
노태연	도영민	문창준	문화	박규리
박명운	박범진	박부영	박상희	박성열
박성혜	박수자	박우영	박정원	박혜성
박희진	배주은	변정현	변철진	서미혜
서지연	성승현	소태웅	손영식	송송이
승현	신경수	신나리	신상열	신현정
심여진	안혜숙	양미연	양석원	양승훈
오애경	오창희	우자룡	우하경	원자연
유동현	유선미	유수경	유주연	유현민
윤숙경	윤유진	윤정선	윤지영	윤진희
이동훈	이미진	이상호	이세미나	이소민
이유나	이유미	이윤하	이은형	이재의
이정옥	이정욱	이정희	이지선	이지홍
이한주	이형은	이호영	임성재	임창민
장동규	장순종	장은섭	장희경	전지영
정도영	정아름	정재은	조경수	조기쁨
지연주	진성일	채신자	최반조	최선영
최애리	최영주	최정숙	최현선	최혜선
최혜진	하늘빛	허지현	홍선자	홍승희
홍정인	황선희	황호경		

그리고 이름을 밝히지 않으신 42분의 독자님까지 모두 185분이 후원해 주셨습니다.
진심으로 감사합니다.